BÚSQUEDA
SENTIMENTAL

*Es nuestro sincero deseo que esta
encantadora serie de relatos logre llevar
al lector a los brazos de Dios, que tanto
nos anhela y siempre nos busca.*

D1173036

BÚSQUEDA SENTIMENTAL

Juntos otra vez

4

El sonido de las aguas

PEGGY STOKS

EDITORIAL
UNILIT

Publicado por
Editorial **Unilit**
Miami, Fl. 33172
Derechos reservados

Primera edición 1999

© 1998 por Peggy Stoks
Originalmente publicado en inglés con el título:
The Sound of the Water por Tyndale House Publishers, Inc.
Wheaton, Illinois

Traducido al español por: Rhode Flores

Citas bíblicas tomadas de la Santa Biblia, revisión 1960
© Sociedades Bíblicas Unidas
Usada con permiso.

Producto 498694
ISBN 0-7899-0805-0
Impreso en Colombia
Printed in Colombia

Para mis seis chicas:

Jenna, Allie y Rachel,
mías de nacimiento

y

Ashley, Katie y Vanessa
a las que alimento con suficiente
frecuencia como para exigir algo.

Capítulo 1

Holly Winslow se detuvo a la puerta de la cafetería Mukilteo y aspiró profundamente, deleitándose en la fragante mezcla del aire fresco del mar y las semillas del café tostado. Este secreto placer, el perderse en la combinación única de esos dos olores, era un ritual que disfrutaba varias tardes a la semana, caminando las dos cuadras y media desde su floristería al café a lo largo de la Avenida Lincoln Courtyard.

Detrás de ella, una hilera de autos brillaban bajo el sol de una mañana de sábado otoñal. Los ansiosos visitantes y turistas esperaban en sus vehículos para descender la colina y poder tomar uno de los dos enormes ferries blancos que hacían el recorrido, transportando automóviles y pasajeros a y desde la popular isla Whidbey de Washington. En esta brillante mañana, las aguas de Puget Sound eran un cumplido de zafiro a las escarpadas orillas blancas de la isla verde. Los cielos aparecían inusitadamente claros, recompensando a los residentes y a los visitantes por igual con una vista despejada del Monte Baker con su cima cubierta de nieve.

El clamoroso sonido de las gaviotas se esfumó cuando Holly entró en el café y ocupó su lugar en la línea. Hoy no había venido para tomar su habitual moca doble y para disfrutar su descanso de veinte minutos sentada en un banco en el patio, sino para comprar media libra de la marca especial de café de la tienda para Jean Breck, su contador y mejor amiga.

La visita de esta tarde había sido planeada en parte por placer, pero principalmente por negocios, puesto que Jean iba a contraer matrimonio en dos semanas y quería que las cuentas de Holly estuviesen en orden antes de casarse y de su luna de miel.

La amistad de las dos mujeres era muy antigua, empezó cuando las dos estaban en la clase de segundo grado de la señora Prizio, hacía veinte años. Las dos muchachas habían sido buenas estudiantes, pero la predilección de Jean por la organización y los números había sido ya evidente a pesar de su corta edad.

Cada año, desde que Holly recordaba, Jean había convertido el número de años de su amistad en una ecuación decimal. En el tercer grado la estudiosa rubia anunció que se habían conocido durante doce y medio por ciento de sus vidas y para cuando llegaron a sexto grado el número se había casi triplicado a treinta y seis por ciento, y ahora, a la edad de veintisiete años, habían sido amigas durante el setenta y cuatro por ciento de sus vidas.

Los labios de Holly se curvaron en una sonrisa al pensar en los cálculos interminables de Jean y en la próxima boda de Jean y Tim. No había duda de que Jean presentaría a su futuro esposo, en cada uno de sus aniversarios, con una tabulación por el estilo del tiempo que llevaban casados.

—¡Holly! ¿Eres tú?

Una profunda voz familiar le tocó la memoria, haciendo que se sintiese una vez más como si tuviese diecisiete años. No podía ser, no podía ser él, no después de todos estos años.

Había oído abrirse la puerta del café y cerrarse tras ella, pero no había prestado ninguna atención al cliente que había entrado. Holly se volvió lentamente. A menos de una yarda de distancia estaba Sergio Glad, con una sonrisa cautivadora en su rostro. Sus ojos castaños la miraban fijamente, pareciendo examinar cada detalle de su aspecto.

—Sí, soy yo —pudo decir por fin, contestando con un tono ligero que desmentía el shock que había sentido al verle de nuevo después de todos esos años.

—Holly, me alegra verte de nuevo. Ha pasado mucho tiempo.

Su voz era cálida y afable.

¿Cuánto tiempo había pasado... diez años desde que le había visto? Durante aquella primavera de hace tanto tiempo, en su último año escolar, Holly se había enamorado perdidamente de Sergio Glad.

Era el muchacho por el cual se hubiese muerto cualquier muchacha en la escuela secundaria. Fue como si todos sus sueños se hubiesen vuelto realidad cuando le pidió que saliese con él.

—¿Estás viviendo aún en la región? —Su expresión era una de genuino interés y, por primera vez, Holly se fijó en una amplia y dentada cicatriz que comenzaba por la parte lateral de su ceja izquierda y descendía por el lateral de su rostro, acabando delante de su oreja.

—Sí, vivo... no muy lejos de aquí. —¿Qué le había pasado a su cara? De leer los periódicos locales había visto historias acerca de él de vez en cuando y sabía que había jugado a la pelota en un equipo de la liga menor durante varios años. ¿Podía un corte en el béisbol abrirle la piel de ese modo a una persona?

Él levantó su mano y se tocó la cicatriz, convirtiéndose su sonrisa en un rictus abyecto. —Me he dado cuenta de que has visto el recordatorio visible de mi indómita y malvada juventud. —El cliente que iba antes de Holly estaba siendo atendido, y los dos dieron un paso hacia el mostrador—. He acabado con el juego de la pelota —dijo voluntariamente—. Llevo algún tiempo de vuelta en Everett ahora, trabajando con la Constructora Griffin.

—Oh —fue todo lo que Holly pudo decir.

—Mamá y yo vamos a pasar el día en Whidbey —continuó tan a gusto hablando con ella como si se viesen todos los días. Le sonrió de nuevo y comprobó la hora en su reloj. —Ella está conduciendo y yo estoy encargado de comprar el café y recoger los boletos. Se muere de ganas de llegar allí y hacer unas cuantas compras muy en serio.

—¡El próximo! ¿Puedo ayudarle? —El cliente que iba antes que ellos se dio la vuelta y se marchó con una taza caliente, humeante, dejando un espacio entre Holly y el mostrador.

—Media libra de la marca Mukilteo, por favor, molido.

Holly avanzó hacia adelante, consciente de que Sergio también lo había hecho y estaba justo detrás de ella. Su fragancia fresca y como a madera llegó hasta ella, inquietando incluso más sus sentidos. ¿Recordaría ni siquiera haber salido con ella? Teniendo en cuenta los iracundos fuegos artificiales con los que había concluido su segunda cita, se estaba portando de una manera bastante amigable.

¿O era que no se acordaba?

Una punzada de dolor le atravesó el corazón ante ese pensamiento. La camarera colocó el saco de papel debajo del pitorro del molinillo de café y le dio al interruptor. ¿Qué era lo que estaba pasando en su interior? Se preguntó Holly, mientras el ruido de la máquina llenaba el aire. No era como si Sergio Glad le importase ya.

Pero, de algún modo, el volver a verle despertó de nuevo los sentimientos de aquella maravillosa, y terrible, primavera, hacía ya una década. *Vaya Holly se dijo a sí misma. Hace diez años eras una inmadura colegiala, enamorada de un héroe del béisbol de la escuela. ¿Recuerdas a todas las muchachas que acostumbraban a reunirse a su alrededor? Tú no eras nada especial.*

Tuvieron dos citas, dos citas nada más, antes de que Holly le dijese que no podía volver a verle y había llorado durante todo aquel verano por lo que no podía ser.

Colocando su bolso sobre el mostrador, Holly se entretuvo sacando lentamente el dinero de su monedero. Se abrió la puerta lateral de la cafetería, dejando entrar a un grupo de mujeres mayores que hablaban a voz en grito. Sergio se había quedado callado detrás de ella, que no estaba siendo precisamente de lo más amigable, como sabía, pero los sentimientos que ella había creído que habían muerto hacía mucho habían resucitado y estaban causando estragos con su corazón y su mente.

¿Cómo era posible que él siguiese afectándola de ese modo? ¿Acaso no era más emocionalmente madura que una chiquilla de diecisiete años? *Márchate Holly, no vuelvas a quedar en ridículo, puesto que él tiene una serie de valores y tú tienes otros.*

—¿Estás segura de que no quieres una doble moca con esto?

La enérgica muchacha que estaba detrás del mostrador le dijo, interrumpiendo los pensamientos de Holly. Colocando la bolsa cerca de la caja registradora, sonrió.

—Estás rompiendo tu rutina, señora de las flores.

—Lo siento, Mónica. No te había visto... es sólo que esta mañana estoy un poco preocupada. —Holly le pidió perdón y le entregó un billete de veinte dólares, asombrada de lo calmada que sonaba su propia voz cuando todos los nervios en su cuerpo le gritaban que Sergio Glad se encontraba sólo a unas pocas pulgadas detrás de ella.

¿Acaso no recuerdas lo encandilada que estaban con él?, se burló su voz interior. *Limítate a coger tu café y márchate.*

—En fin, tú estás preocupada y parece ser que yo voy a estar ocupada —le dijo Mónica devolviéndole el cambio a Holly y moviendo la cabeza en dirección a la puerta lateral por donde unas cuantas mujeres mayores entraban desde Lincoln Courtyard—. Te veré el lunes, muñeca. ¿El próximo?

—Adiós, Mónica. Me alegro de haberte visto de nuevo, Sergio —dijo, echando una rápida mirada y sonriendo al hombre alto y apuesto que estaba detrás de ella—. Adiós —dijo despidiéndose de la manera más breve posible sin ser maleducada.

—Adiós Holly.

Holly se dio cuenta que la sonrisa de Sergio se había esfumado, siendo reemplaza por una expresión contemplativa. Sin decir nada más se echó a un lado y la dejó pasar.

¡Caray! Eso ha quedado atrás. ¡Qué suerte habérselo encontrado después de todo ese tiempo! Con las manos que le temblaban, salió de la cafetería al sol y al viento con olor a mar. Dirigiéndose con paso ligero hacia su casa,

dejó a Sergio Glad y el ambiente dominado por el aroma a café tras de sí.

¿O lo había hecho en realidad?

Tal vez estaba siendo ridícula, pero tenía la extraña sensación de que un par de ojos, color café, la contemplaban hasta perderse de vista.

Varias horas después el sol comenzó su descenso en el cielo occidental sobre Puget Sound. Dejando tras de sí las espumosas estelas, barcas de todos los tamaños pasaban sobre el agua azul resplandeciente, dejando espacio de sobra para maniobrar a los ferries. Los pájaros gorjeaban en los altos áboles de hoja perenne de la Antigua Ciudad, la sección más vieja de Mukilteo, donde vivía Holly. Una brisa fresca continuaba soplando desde el mar, llevando consigo el ligero frío que prometía temperaturas más frescas en el otoño.

Situada tan sólo a cuatro cuadras de la ladera desde la orilla del mar, la pequeña casa de Holly, de la década de los 20, había sido construida para sacarle el máximo provecho a su situación. Un porche amplio y ventanas panorámicas ofrecían vistas impresionantes del Sound, mientras que la cocina, situada en la parte posterior de la casa, recibía los cálidos rayos de sol por las mañanas.

Habiendo concluido lo que tenían que hacer, Holly y Jean habían pasado de la mesa de la cocina a los muebles de mimbre que se encontraban en el porche delantero. Jean estaba medio sentada, medio reclinada sobre los cojines rellenos, a rayas azul y blanco, del sofá para dos, mientras que Holly estaba sentada sobre uno de los dos sillones a juego. Sobre la mesita baja que estaba frente al sofá había un par de platos manchados de chocolate y unos tenedores, como testimonio mudo de la indulgencia femenina compartida.

—Holly, haces los mejores bizcochos de chocolate y nueces —dijo Jean suspirando con placer y dando otro sorbo al gran tazón de cerámica. Un perfecto moño rubio enmarcaba su rostro redondo y amigable—, y también el mejor café.

—Gracias —Holly se había sentido apesadumbrada desde su encuentro con Sergio Glad, pero realizó un esfuerzo por animarse por causa de Jean—. Tú sigue comiendo de ese modo y tendremos que meterte en tu vestido de novia con una palanca.

—Sí, sí. Para tu información el vestido me está perfectamente —le replicó Jean—. ¿Tal vez debiera preguntar cómo te está a ti tu vestido?

Las dos amigas compartieron la broma, tan cómodas la una con la otra como sólo pueden estarlo dos amigas de la infancia. Se hizo un prolongado silencio mientras ambas mujeres estaban sumidas en sus propios pensamientos. Cerca una ardilla chachareaba en un árbol.

—Me alegro tanto que tu tienda vaya bien, Holly —dijo Jean con satisfacción, moviéndose en su asiento. Dio otro sorbo al café y colocó los pies debajo de sí misma—. Te mereces el éxito.

—No puedo adjudicarme el éxito. Max Sorenson se pasó veintidós años ocupándose de su negocio y su reputación antes de que yo me hiciese cargo. No estoy haciendo nada especial, sencillamente me estoy ocupando de la floristería Maxie tal y como él me enseñó a hacerlo.

—Sí, pero podrías haber hundido el negocio. Los propietarios de negocios nuevos lo hacen y tu primer año en el negocio ha sido fabuloso.

—Ha ido bien —dijo Holly dibujando una sonrisa en sus labios, sintiendo al mismo tiempo el conocido vacío en su interior—. Pero echo de menos a Max, el lugar no es lo mismo sin él.

Había empezado a trabajar en la floristería Maxie cuando era una adolescente, haciendo algunos trabajos sueltos y, con el paso del tiempo, se había convertido en diseñadora. Max había sabido descubrir el talento de Holly para trabajar con las plantas y las flores, su sentido del color y su vista para el equilibrio. Encantado con este descubrimiento, el benevolente caballero le había enseñado todo cuanto sabía acerca del negocio.

Cuando ella se había ido a la facultad, había regresado durante los veranos y había continuado trabajando en la pequeña tienda cerca de donde cargaban y descargaban los barcos ferries, situada a menos de diez minutos andando de donde vivía ahora. Su padre había fallecido de repente de un ataque cardíaco el verano, entre su penúltimo y último año de estudiante y a su madre le habían diagnosticado un cáncer de colon, pocos meses después de que se graduase.

En lugar de buscar un trabajo de mercadeo con su título universitario, Holly había regresado a Mukilteo para cuidar de su madre y había continuado su empleo en la floristería Maxie. Su única hermana, Denise, vivía en Sacramento con su marido y su joven familia, de modo que el peso principal de cuidar de su madre había caído sobre los jóvenes hombros de Holly. Habían sido cinco duros y largos años de altibajos antes de que Marion Winslow sucumbiese a la enfermedad, que la había convetido en poco menos que un esqueleto cubierto de piel.

Había muerto hacía un año y medio y no mucho después de eso Max le había propuesto a Holly comprarle su encantadora tienda, de altos techos. —Va siendo hora de que me retire —había comenzado diciendo sin ningún preámbulo—. He trabajado duro para hacer que Maxie sea un buen negocio, y ahora mi Sylvia y yo queremos viajar un poco con los años que nos quedan. Holly, tú conoces la tienda a fondo, y sientes por ella el mismo cariño que yo. Me imagino que tus padres te dejaron algún dinero y quiero que pienses en la posibilidad de comprarme Maxie.

De modo que ella había comprado la floristería Maxie. Una vez que hubo vendido la casa de sus padres, había comprado también la atractiva casita en la cual vivía ahora. Le encantaba vivir en la parte antigua de la ciudad, le fascinaba la vista del Sound y le gustaba ir al trabajo andando. Pero, por algún motivo, continuaba sintiendo un vacío en su pecho. Pensaba que era tristeza y ese sentimiento tardaría aún un tiempo en desaparecer.

Jean se sentó y dio un resoplido poco femenino.

—Estoy segura que echas de menos a Max, pero yo no me preocuparía demasiado por él. No tengo la menor duda de que está disfrutando enormemente su retiro. —Su voz se volvió entonces más suave, su mirada buscando la de Holly—. Estoy un poco preocupada por ti, muchachita. ¿Estás segura de que estás bien? Tus últimos años no han sido exactamente fáciles.

—Estoy estupendamente —dijo Holly arreglándoselas para sonreír, sabiendo que Jean no se estaba creyendo nada de ello. Por alguna razón, no le había mencionado su encuentro casual con Sergio Glad, esperando que eso y él, se esfumasen de su mente, pero en lugar de ello, había estado todo el tiempo en ella.

—He estado queriendo preguntarte... —continuó diciendo Jean—. Bueno, supongo que será mejor que te lo pregunte. ¿Va a ser la boda de Tim y mía difícil para ti? Quiero decir que, como Kevin ha roto el compromiso...

—No, no, por favor no te preocupes por eso —le interrumpió Holly, conmovida por la consideración de su amiga—. Apenas si pienso ya en él. Kevin rompió nuestro compromiso porque no podía afrontar la enfermedad de mi madre, lo cual me hace preguntarme de qué modo va a torear los problemas que van a surgir en su vida. Créeme cuando digo que ha sido para bien que no me casase con Kevin Cowles. Estoy esperando con ansiedad tu boda, Jean y me siento honrada por el hecho de que me hayas escogido para ser tu dama de honor... y tu florista.

—No hay mejor florista en esta zona.

—Ni contable.

—Ni persona que haga mejor los bizcochos de chocolate con nueces.

Las dos amigas compartieron una sonrisa mientras Jean se levantaba de su asiento. —Holly, me alegra tener una amiga como tú. Para mí lo significa todo tenerte en mi boda. —Una expresión incómoda se reflejó en las facciones de Jean, haciendo que su sonrisa desapareciese—. Tengo que hacerte una confesión y espero que no te sientas demasiado enfadada.

—¿Has escogido otra florista y no sabes cómo decírmelo?

—Uh... no. —La pequeña rubia comenzó a andar de un lado a otro por los amplios y pintados tablones—, pero da la casualidad de que la semana pasada me tropecé con alguien. Sé que debería de habértelo mencionado antes de ahora...

—¿Sergio Glad? —preguntó Holly, bastante segura de que ese era el nombre que Jean iba a mencionar.

—¿Cómo lo has sabido? —dijo Jean dejando de ir de un lado a otro e inclinándose sobre el poste del rincón, cerca de los escalones, con sus cejas arqueadas por la sorpresa.

—Pues lo cierto es que no se me ocurre ningún otro nombre que te angustiase mencionar en mi presencia

—dijo Holly sorprendiéndose por el hecho de que sus palabras fuesen fuertes y se apresuró a suavizar su tono sarcástico—. Yo también me tropecé con él —admitió—, justo esta mañana.

—¿De veras? ¿Dónde?

Holly cogió la taza en su mano. —Cuando fui a comprar café. Entró justo detrás de mí.

Jean movió la cabeza con un gesto de comprensión. —Ahora sé por qué hoy no parecías ser tú misma.

—El verle de nuevo ha sido un tremendo shock.

Jean sonrió y se enderezó para sentarse en la barandilla del porche. —Ya sé lo que quieres decir. ¿Quién se hubiese imaginado que fuese a regresar y a establecerse aquí? Yo creí que estaba destinado al estrellato en las ligas mayores... Me pregunto por qué su carrera no dio resultado.

—¿Quién sabe? —dijo Holly, permaneciendo callada durante un momento, pensando en el pasado. Parecía como un sueño hecho realidad cuando Sergio Glad centró su atención en ella.

Sus padres no habían querido que saliese con él. Sergio era la leyenda deportiva local y eran bien conocidas en las ciudades vecinas de Mukilteo y de Everett las historias de su vida alocada y sus andanzas de chico malo. Las buenas chicas cristianas no salían en citas con muchachos como Sergio Glad. En el fondo, Holly sabía que sus padres tenían razón, pero su corazón no había estado convencido.

Sólo había necesitado tener dos citas con él para darse cuenta de que sus propósitos y sus valores eran diferentes y por difícil que le resultase, había hecho lo correcto al decirle que no podía volver a verle.

¡Cómo hubiese deseado que él hubiera querido más en la vida que sencillamente jugar a la pelota y perseguir los placeres temporales. Cuando había intentado compartir el Evangelio con él, se había reído y le había dicho con tono de desprecio: "¿Quién necesita a Dios? ¡Fíjate en todo lo que yo tengo!"

Hasta la fecha, Holly podía decir con toda sinceridad que no había experimentado nunca más júbilo y desesperación por un miembro del sexo contrario, incluyendo a Kevin Cowles, con el que había estado prometida brevemente hacía tres años.

—Nos chocamos los carritos de la compra en el supermercado ayer —continuó diciendo Jean, aparentemente inconsciente del grado de agitación que estaba sintiendo su amiga—. Y tuvimos una conversación realmente agradable. Parece diferente a como era antes, más agradable o algo así, no tan lleno de sí mismo.

Holly recordaba el encuentro de aquella misma mañana, su cálida sonrisa y su porte sencillo, y el corazón se le aceleró en su pecho. ¿Cómo era posible que aún tuviese ese efecto sobre ella? Santo cielo, seguía siendo tan atractivo como le recordaba. Recordando lo nerviosa que se había sentido, se sentía avergonzada por la manera que había frustrado sus intentos por mantener una conversación agradable.

—Preguntó por ti, Holly.

—Probablemente sólo porque se acordaría de que tú y yo somos amigas. Resulta graciosa la manera en que las dos nos lo hemos encontrado. —Holly se esforzó por mantener un tono casual—. ¿Era esa tu confesión? ¿Que habías visto a Sergio Glad en el supermercado y que no me lo habías mencionado? —dijo encogiéndose de hombros—. No es importante, dudo mucho que le volvamos a ver de nuevo.

—Pues ahora viene la "parte importante" de la confesión —dijo Jean con mirada incómoda, colocando sus manos juntas en su regazo, mientras mantenía el equilibrio con gracia contra la barandilla.

—¿Qué?

—Pues que *volveremos* a verle las dos, porque he invitado a Sergio a mi boda.

Capítulo 2

F lores, un gran y deslumbrante surtido de ellas se desbordaban de los jarrones colocados sobre el altar de la pequeña iglesia a la que había asistido la familia de Jean Breck desde antes de su nacimiento. Ramos espléndidos, atados con anchos lazos de satén, de color marfil, adornaban las velas en la punta de los bancos y los brazos de las tres damas de honor que descendían por el pasillo.

Los compases del Canon en re de Pachelbel llenaban el santuario, mezclándose en el aire de la tarde con el delicado perfume de la profusión floral. Una suave brisa invitaba a la ceremonia por varias ventanas altas, parcialmente abiertas, a lo largo de la pared de la parte oeste de la iglesia, acariciando los montones de llamas de las velas, proveyendo un bendito aire fresco, para los hombres que se sentían incómodos dentro de aquellas prendas a las que no estaban acostumbrados y a las mujeres padeciendo por el control superior de sus medias.

Sergio Glad no fue consciente de ninguna incomodidad física cuando el objeto de su interés pasó junto a su asiento, incluso más hermosa de lo que la recordaba con su vestido azul de verano.

Señor, ¿qué clase de tonto fui?

No, nunca se había olvidado de Holly Winslow, ni el apasionado vapuleo verbal al que le había sometido esa noche de verano hacía una década. Moviéndose en su asiento, con el fin de tenerla completamente a la vista, apareció en sus labios una sonrisa sesgada al recordar aquella fatídica tarde que la había arrebatado del cine a la orilla del mar, bañada por la luna.

Un beso robado. Una combinación de testosterona y de ego demasiado desarrollado le habían hecho creerse que cualquier muchacha estaría encantada con sus atenciones, pero no Holly, que era más recta que una pared. Cuando acabó de decirle lo que pensaba acerca de su comportamiento, había desafiado su fe.

No que hubiese tenido ninguna en aquel entonces, excepto en sí mismo. Recordaba todavía el aspecto que había tenido ella estando en la playa mientras le reprochaba, con sus delgados brazos en jarra, con su pelo rubio oscuro brillando bajo la luz de la luna, realmente impresionante. Y la manera en que le habló acerca de Jesús... como si le conociese. Una parte de él deseaba oír más, saber más, pero la mayor parte de él despreciaba sus palabras y lo que consideraba como una santurronería pedante. Holly la santa.

Si no se hubiese sentido tan exasperado, primero por su rechazo, luego por su reprimenda, posiblemente hubiese escuchado. Si tan sólo hubiese poseído una pequeña cantidad de madurez en aquel entonces, juntamente con los talentos físicos con los que había sido bendecido. De manera distraída, se pasó la mano por la cicatriz, desde la sien a la oreja. La burla "¿quién necesita a Dios?" que le había espetado a Holly le había vuelto una gran cantidad de veces, acompañado siempre por el recuerdo de ella, hasta que una carrera arruinada y un accidente de moto, casi fatal, le obligaron a admitir la verdad: él necesitaba a Dios.

Sergio Glad, el alma de las fiestas, estaba acabado, el que con anterioridad había sido uno de los mejores jugadores había entendido por fin que aparte de la fe en Jesucristo estaba perdido. Gracias a la atención personalizada de un compasivo joven capellán del hospital, había oído hablar acerca de la gracia, sin límites, del Señor, de su perdón y no había pasado demasiado tiempo antes de que le hubiese entregado su corazón y su vida. Y lo gracioso del caso era que a duras penas había podido esperar a regresar a casa y contárselo a Holly.

Mientras sus huesos y sus lesiones se recuperaban, mediante sesiones muy agotadoras de terapia física, el pensar en volver a ver a Holly le había animado. Deseaba pedirle perdón y darle las gracias. Decirle que había entendido por fin las maravillosas verdades acerca de las cuales había hablado ella. Posiblemente fuese una locura, pero era algo que sabía que necesitaba hacer.

Después de años enteros de haber estado viajando por el país con diferentes equipos de pelota de la liga y meses de haber estado tumbado en el oeste de Tejas después de su accidente, le hacía bien poder establecerse tranquilamente de nuevo en su ciudad natal. Apenas podía creer el giro de los acontecimientos cuando se tropezó con Jean Breck, la mejor amiga de Holly. Su sentido de la esperanza, de la expectativa, aumentó al contarle Jean los acontecimientos de los últimos diez años, mencionando que Holly permanecía aún soltera.

Y entonces había visto a Holly entrar en aquella tienda de café, con su cola de caballo acariciada por el sol, moviendose a cada paso. Si no hubiese sabido que la iba a ver esa noche, hubiese... ¿qué era lo que hubiese hecho? Ella había sido educada con él, pero no demasiado simpática. La reserva se hallaba al fondo de sus ojos azul berilo, una mirada que recordaba, reflejando cariño y vitalidad, así como la pasión por la vida misma.

La congregación se puso en pie ante las primeras notas del inconfundible coro de marcha nupcial de Wagner, que sonaba desde el órgano, tocada con entusiasmo por una mujer mayor, de pelo blanco, vestida con un traje rosa de gasa. Todas las cabezas se volvieron hacia la parte de atrás de la iglesia para contemplar a la novia, acompañada por sus padres.

Lo siento, Jean. Estás preciosa esta noche, pero no tengo ojos más que para tu dama de honor. Tómate todo el tiempo necesario con los votos... yo tengo que acercarme a la "base" y pensar cómo remediar un mal que hice hace diez años y tengo que asegurarme que esta vez no me "ponchen".

Holly se las arregló para eludir a Sergio hasta que la recepción había prácticamente acabado, pero tenía la sensación de que eso estaba pasando sólo porque él lo estaba permitiendo. No fue hasta que la fiesta de la boda hubo acabado y los invitados hubieron despedido a la pareja recién casada, acompañándoles a su auto llamativamente decorado, que se acercó con una divertida sonrisa iluminándole el rostro.

Oh, no, aquí viene.

Una parte de ella sabía que lo haría, era sólo que no sabía cuándo. Podría haber tenido de nuevo diecisiete años por la manera en que le miraba de vez en cuando. Era totalmente inmaduro, se dijo a sí misma al menos por la veinteava vez esa noche.

Pero durante la ceremonia y todo el tiempo de la cena, había sentido su mirada indagadora sobre ella.

¿Por qué? Su interés no tenía sentido. Sergio Glad podía tener cualquier chica que quisiera. Y *probablemente las habría tenido*, pensó con rencor, siguiendo una ola de vergüenza a sus pensamientos rencorosos.

Había intentado en vano que su presencia no la afectase, pero para lo que le estaba sirviendo igual podría haberse dicho a sí misma que no debía respirar. Todos los nervios en su cuerpo se sentían como si estuviesen tensados al máximo, a punto de romperse. *¿De veras, Holly? ¿Es tan sólo su presencia? Sé honesta, has estado con los nervios de punta desde que le viste hace dos semanas en la tienda de café. Mantén el control y no quedes en ridículo. Ten calma.*

¡Qué escándalo! Sergio tuvo que prácticamente gritar para que le oyesen por encima del ruido del auto tocando la bocina y los fogosos invitados que les gritaban sus buenos deseos. —¿Significa esto que tus obligaciones como dama de honor han quedado completadas?

—No estoy segura, ¡caramba! —Su nerviosismo se disolvió en inesperada risa al tiempo que el novio sacaba a la novia del interior del coche y la llevaba al centro de la calle. Allí, bajo la luz de las farolas y la luna llena de septiembre, la cogió en sus brazos, la echó para atrás, y colocó un extravagante y apasionado beso en su rostro, totalmente agradecido por la multitud. Entre los gritos y ovaciones Holly no pudo evitar pensar que el nada convencional Tim Doering era el marido perfecto para Jean. Lanzando una mirada rápida al hombre alto que tenía junto a ella, se sintió un tanto complacida al saber que él parecía disfrutar tanto como ella las payasadas como las había disfrutado ella.

La multitud reunida disminuyó rápidamente tras la partida de los recién casados, pero Sergio no hizo el menor movimiento por alejarse de su lado. Un escalofrío repentino hizo que ella se frotase los brazos y pensara que ojalá hubiese traído consigo el chal que había dejado atrás sobre su silla. Se preguntaba qué debía de hacer a continuación. ¿Decir algo, tal vez? Aclarándose la garganta, forzó una sonrisa educada y se dispuso a hablar.

Pero en lugar de ello, Sergio fue el primero en romper el silencio entre ellos. —Me pregunto, Holly, si tienes algún plan para el resto de la velada... me gustaría hablar contigo.

—¿Acerca de qué? —Su pregunta hizo que ella sintiese aún más curiosidad y le miró abiertamente. La sombra de las farolas de la calle acentuaron los ángulos enjutos de su mandíbula y algo vehemente y tierno brilló desde sus grandes ojos. Inesperadamente, ella sintió que su rostro se volvía más afectuoso.

—El pasado y todo entre entonces y ahora. ¿Quieres ir a dar una vuelta conmigo? —Una pequeña sonrisa hizo que se le marcasen uno de sus hoyuelos—. Te prometo que esta vez tu virtud estará a salvo.

De modo que lo recuerda. —Yo... este... ¿qué tenías pensado?

—Sencillamente un paseo. ¿Tienes algunos zapatos cómodos o necesitas pasar por casa a buscarlos?

—Creo que tengo un par de zapatillas para correr en el asiento de atrás de mi auto.

—Perfecto, te recogeré aquí mismo en diez minutos más o menos.

Ocho minutos después Holly estaba en la acera comprobando la hora en su reloj, sintiéndose ridícula con su vestido de dama de honor, su chal y sus viejos Nikes. ¿De qué querría hablarle Sergio Glad? ¿Y a dónde la iba a llevar? Cerrando los ojos, intentó imaginárselo tal y como le recordaba, diez años antes.

Atrevido, impetuoso, con talento, prendado de sí mismo, hasta el punto de ser engreído. Buscando en su memoria, no podía hallar ningún recuerdo de esa cualidad, de ser considerado, como lo estaba siendo en esta noche, el que estuviese dispuesto a esperar con paciencia lo que quería. *Pero ¿acaso no fue su actitud de a-mí-qué-me-importa lo que primero te atrajo de él en aquel entonces? Sabía que su tipo de hombre estaba totalmente prohibido, ¿pero no tenías la tonta idea de que podías cambiarle?*

—¿Estás demasiado cansada para ir, Holly?

Ella no le había oído acercarse y se quedó sorprendida al ver una camioneta Ford, antiguo modelo, aparcada ante ella. —Oh, no. Estaba sólo... pensando.

Él le abrió la puerta del lado del pasajero y le hizo un gesto. —¿Acerca de algo en particular?

—Es sólo que Jean tenía razón. —Por alguna razón, dijo las palabras antes de ni siquiera pensar en detenerlas.

—Oh —dijo arqueando las cejas con humor mientras los hoyuelos a ambos lados de su boca daban lugar a profundos surcos—. ¿Se supone que debo saber en qué tenía razón Jean o acaso es eso información privilegiada?

Su mano era cálida sobre su codo, al ayudarla a subir a la cabina de su camioneta. —Bueno —comenzó, preguntándose por qué parecía haberse quedado ligeramente sin aliento—, me dijo que parecías diferente a antes.

Su sonrisa se desvaneció, siendo reemplazada por una expresión contemplativa. —Eso espero —dijo tranquilamente, cerrando la puerta.

Mientras conducía, Sergio mantuvo la conversación ligera, contándole historias divertidas de sus años en la liga menor. De nuevo, Holly se dio cuenta de que él parecía tan a gusto con ella como si hubiesen sido viejos amigos. Eso era extraño, pensó, teniendo en cuenta la manera en que se habían separado hacía diez años.

Pero con todo y con eso, se encontró a sí misma relajándose según él hablaba, disfrutando los relatos atrevidos y estrambóticos de sus años en la carretera. La inflexión de su voz ascendió y descendió con toda la gracia de un narrador de cuentos magistral, siendo sus personajes tan reales que Holly sentía como si los conociese personalmente. Aspirando profundamente, fue consciente de la fragancia fresca, del olor a madera, que había notado aquel día también en la tienda del café y se preguntó cuánto tiempo hacía desde que había estado en la compañía de un hombre tan interesante.

Perdida en la maravilla inesperada de este interludio, no se fijó de inmediato cuando la camioneta disminuyó la velocidad y a continuación fue a la izquierda. La luz de la luna, que había iluminado la cabina y el perfil de Sergio durante el recorrido se desvaneció en las profundas sombras.

Extrañada, se inclinó hacia adelante y se fijó en los alrededores. La camioneta avanzó hacia adelante a una velocidad lenta, sus faros engullidos por los espesos pedestales de los árboles a ambos lados de la carretera. Aparte del asfalto, sobre el que conducían, era como si toda señal de la civilización hubiese desaparecido. Un segundo después, se dio cuenta de dónde estaban.

Estaban en el Parque Howarth.

Holly no pudo evitar el sobrecogimiento ni el sonido que se escapó de sus labios, que cercenó los sentimientos de compañerismo que habían compartido durante el último cuarto de hora. Volviéndose hacia Sergio, que ahora estaba sentado junto a ella en silencio, dio rienda suelta a la llama de ira que explotó, procedente de algún lugar muerto de su interior desde hacía mucho.

Capítulo 3

¿ Qué crees que estás haciendo? —Su pulgar hizo saltar la hebilla del cinturón de seguridad del auto, torciéndose hacia él—. Si no le das la vuelta a esta camioneta ahora mismo, me voy a bajar. —Para demostrar lo que decía, extendió la mano hacia la puerta.

—¿No has oído hablar nunca de volver a la escena del crimen? —Aunque sus palabras eran ligeras, lo que ella podía ver de su expresión era vehemencia—. Holly, no tienes nada que temer. No te voy a hacer daño. Solamente tuve la idea de que un paseo por la playa podría romper la tensión entre nosotros.

—¿Qué tensión? —preguntó.

—Mira, Holly, los dos sabemos que fui un idiota en aquel entonces...

—¿Un idiota? Yo diría que lo que intentaste hacer fue más allá de ser un simple idiota y además me hiciste quedar como una tonta...

—Está bien. Fui un idiota arrogante, con poco control de mis impulsos. ¿Te parece eso un poco mejor?

—Un poco —dijo en contra de su voluntad, comenzando a suavizarse—. Pero si quieres pedir perdón por vapulearme y por burlarte de mí, ¿por qué no dices sencillamente que lo sientes?

Deteniendo la camioneta en la amplia parcela al final del paseo del parque, suspiró y apagó el motor. El sonido del viento murmurando entre los árboles añadió a la tentativa química en el interior de la cabina. —*Lo lamento*, Holly, lo lamento muchísimo. Eras una muchacha realmente especial, y no tenía ningún derecho a tratarte de la manera que lo hice. —Permaneció callado durante un largo rato antes de añadir—: me gustabas de verdad.

«¿Crees que puedes perdonarme lo suficiente como para que lo intentemos de nuevo? El paseo, quiero decir. Tenemos luna llena, de modo que debiéramos de tener luz más que suficiente o yo tengo una linterna, si quieres. Y aquí. —Extendiendo la mano detrás del asiento, sacó un grueso jersey y lo colocó sobre su brazo—. Esto será más caliente que esa cosa fina que llevas sobre los hombros.

—Es un chal, era de mi madre. —El atisbo de una sonrisa apareció por la comisura de los labios de ella y movió la cabeza. —No cabe duda de que eres persistente.

—Te alegrará saber que he aprendido unas cuantas cosas acerca del carácter y también modales... espera aquí.

Saliendo de la camioneta, caminó alrededor de ella y le abrió la puerta a Holly, haciendo una reverencia. —Por aquí, señora. Veré si esta vez puedo impresionarte con mi buen comportamiento.

—No lo entiendo, Sergio. ¿Por qué te ibas a molestar en venir a pedirme perdón diez años después? —preguntó, saliendo de la camioneta y colocándose su jersey sobre la cabeza—. ¿Por qué el viaje de regreso al Parque Howarth? —*Vestido de dama de honor, feos y viejos*

Nikes, una camisa suelta, menudo atuendo, Holly. Estoy segura de que nunca has tenido un aspecto más atractivo.

Una hilera de dientes muy blancos le sonrieron bajo la luz de la luna. —Es parte del nuevo yo.

—¿Qué nuevo tú?

En el claro resultaba sencillo ver el sendero que iba en dirección oeste, hacia la playa. Comenzaron a caminar.

—¿Te acuerdas de mi antiguo yo?

—Sí... —su respuesta fue cautelosa, su voz suave.

Junto a ella la risa de él ascendió hasta la copa de los árboles. —Está bien, puedes decirlo. Orgulloso, buscador del placer, inmaduro, egoísta, autodestructivo.

—Sergio, en aquel entonces te creías que te ibas a comer el mundo, —le interrumpió—. Todo ese talento, y has ido derecho por el camino a la ruina.

—No lo sé ni sé nada ahora... pero tú lo sabías entonces. —Su respuesta, adoptando inicialmente un tono de pesar, continuó en un tono más bromista—. No, yo no tenía ninguna duda respecto a tu postura en el tema, señorita Holly Winslow. ¿Sabías que acostumbraba a llamarte "Holly la Santa"?

Holly la Santa. Casi se rió por ese mote, sólo que distaba tanto de la realidad que no pudo hacerlo. No se había sentido "santa... ¿desde hacía cuánto? Había aprendido en el estudio bíblico que la palabra *santa* significaba "apartada", pero ¿con qué propósito había sido apartada? ¿Para ser la propietaria y encargarse del funcionamiento de la floristería Maxie, para disfrutar una moca doble cada tarde, para dar largos paseos a lo largo de la playa cuando podía alejarse de todo? ¿Qué había de santo en todo eso?

Los pasos para los peatones, sobre los raíles del ferrocarril, se elevaban ante ellos. Sergio permitió que ella fuese delante y comenzaron a subir. Arriba en el cielo la calcárea órbita de la luna de otoño iluminaba el firmamento y había un fino y distante cirrocúmulo de nubes. Las aguas del Sound brillaban como siempre y el sonido suave de las olas resultaba al mismo tiempo conmovedor y reconfortante.

Aunque había una magnífica evidencia de la creación de Dios, que tenía ante sus ojos, la última vez que Holly había estado segura de Su presencia en su vida fue el día del entierro de su madre. Levantándose esa mañana de sus oraciones angustiadas, se había sentido envuelta por el amor y el consuelo de la gracia celestial a lo largo de todo ese día tan tremendamente difícil. No había ninguna otra manera de explicarlo, sencillamente lo *sabía*.

Pero desde entonces parecía como si Dios hubiera estado tan distante como el mar era ancho y no era porque ella hubiese dejado de creer. Continuaba orando y asistiendo a la iglesia y los jueves por la tarde al estudio bíblico. Pero ese abismo, ese vacío se había prolongado durante tanto tiempo que casi parecía inútil buscar ya a Dios.

Tiritando de frío al llegar arriba, colocó los brazos alrededor de su propia cintura, agradecida por la manera en que el grueso jersey la aislaba del frío penetrante de la noche. Las luces centelleantes de Everett brillaban en la distancia. Un momento después, Sergio se colocó junto a ella.

—¿He herido tus sentimientos?

—No.

No lo había hecho, en realidad no. Lo que le dolía era enfrentarse con la monotonía de lo que acostumbraba ser una existencia espiritual vibrante.

—Háblame de tu tienda —le dijo, cambiando el tema a uno menos personal—. Jean me dijo que hace poco más de un año que te has convertido en la propietaría de la Floristería Maxie.

Caminaron descendiendo los escalones, en dirección a la suave y húmeda arena de la playa. Sergio le hizo varias preguntas acerca de la tienda de flores, mostrando un sincero interés por el funcionamiento diario del negocio. Lentamente la inquietud de Holly desapareció. Su compañía amigable y el sonido reconfortante de la espuma del mar casi la hizo olvidar que estaba haciendo un recorrido por los recuerdos del pasado con el hombre que le había roto el corazón como ningún otro.

—¿Te parece que éste es el lugar?

—¿Qué lugar? —preguntó Holly mirando la playa alrededor, fijándose en la distancia que habían caminado y el aspecto escarpado de varias rocas muy grandes.

—El lugar donde yo...

—Oh, ese lugar —Holly se alegraba de que él no pudiese ver que se le habían puesto las mejillas coloradas.

—¿Podrías darme gusto y detenerte aquí unos pocos minutos... por favor?

—¿Para qué? —Bajo la luz de la luna Holly pudo ver que la expresión de Sergio era sombría.

—Quiero hacer esto bien... quiero decir, que lo que deseo... —respirando profundamente, el hombre alto miró hacia el cielo durante un largo momento—. Esto es más difícil de lo que creía que iba a ser —dijo, sonriendo con cierta inseguridad en su dirección—. Cuando no eras más que una muchacha de diecisiete años tenías más valor del que yo tengo ahora.

—¿De qué estás hablando?

—¿Recuerdas lo que me dijiste aquí?

—¿Quítame las manos de encima? —¿Por qué había escogido palabras tan petulantes cuando lo que quería decir era evidentemente algo serio?

—Sí, dijistes eso —admitió, con la sonrisa desapareciendo de su rostro—. ¿Pero recuerdas qué más?

—Sí, lo recuerdo —dijo con tranquilidad. No había olvidado de qué modo su testimonio de Cristo había rebotado contra ella.

—Holly, aparte de mi madre y mi hermana, tú eres la única persona que jamás me ha obligado a rendirle cuentas a Dios. —Pasándose la mano por su pelo corto, continuó diciendo—: mi madre fue siempre creyente, pero mi padre no iba nunca a la iglesia. Supongo que yo le seguí los pasos, pensando que la religión no servía para nada. Ahora están divorciados, él se fue... por causa de otra mujer.

—Oh, lo lamento. —El dolor en la voz de Sergio era inconfundible y Holly sintió una tremenda compasión hacia él. —¿Cómo le va a tu madre?

—Bastante bien, ahora. Al principio fue duro, pero su fe la está ayudando a salir adelante —dijo suspirando—. Holly, el Sergio Glad que tú conociste en la escuela secundaria solamente empeoró. La vida viajando de un sitio a otro era una gran fiesta, si deseabas que lo fuese. De un modo u otro, incluso me las arreglé para poder jugar en clubs de categoría, pero luego lo eché todo por la borda. Nunca había tenido que trabajar realmente duro cuando se trataba de jugar a la pelota y no tenía ninguna disciplina. Me imagino que debí de creerme que me las arreglaría solo gracias a mi talento.

Holly permaneció callada, dejándole hablar a él.

—Mi carrera iba ya cuesta abajo cuando tuve el accidente con la moto. Quedé bastante herido y fue precisamente en ese accidente donde me hice esta cicatriz... —dijo apuntando a su sien—, y las demás que no puedes ver.

Al escuchar sus palabras el pulso de Holly se aceleró considerablemente. Podría haberse matado. Estudiando su perfil, al mirar él en dirección al mar, sintió como si algo se retorciese en el interior de su pecho.

—Holly, mientras estaba tumbado en aquella cama, en el hospital, no podía dejar de pensar en lo que tú me dijiste aquí, en la playa. Me dijiste que necesitaba a Dios y yo te contesté que no le necesitaba. —En ese momento se le escapó un profundo suspiro—. Fue necesario una carrera arruinada y que casi me matase para que pudiese ver la luz, pero por fin la vi. Me prometí a mí mismo que cuando regresase a casa te visitaría y te diría en persona que le había entregado mi vida a Jesucristo. —Una vez hecha la admisión, se dio la vuelta y dio un paso hacia ella, con las palmas de las manos en un gesto suplicante—. Necesito además pedirte perdón por mi comportamiento insultante hacia ti. ¿Crees que puedes perdonarme?

Holly asintió con la cabeza, abrumada. ¿Sucedían cosas como ésta en la vida real? Ella conocía a varias personas en la iglesia que habían pasado por conversiones a la fe dramática... pero ¿Sergio Glad? Apareció en su mente la imagen del atleta adolescente temerario, fanfarrón, totalmente diferente a este hombre humilde que estaba ante ella.

—Sé que es demasiado para que lo digieras todo de golpe y porrazo. Tengo la esperanza de que cuando hayas tenido el tiempo necesario para pensar las cosas, puedas considerar la idea de cenar conmigo. Te debo por lo menos eso, además me gustaría de verdad hablar contigo ya que ahora los dos tenemos la misma fe.

¿Sergio Glad era cristiano y quería cenar con ella? Era casi demasiado para entenderlo.

Su sonrisa fácil volvió a aparecer en su rostro al continuar hablando. —Mi madre se ha estado muriendo de ganas de conocer a la muchacha que se atrevió a regañar a Sergio Glad desde que le hablé acerca de ti —dijo sonriéndose—. De hecho, estaba dispuesta a saltar del auto ese día que te vi en la tienda del café. Le tuve que decir que era preciso que uno de nosotros permaneciese en el coche y lo llevase al ferry. —Al hablar, comenzó a caminar en la dirección de la que habían venido.

Holly se colocó a su lado, dándose cuenta de que sus pisadas hechas con anterioridad, no eran sencillamente depresiones superficiales y llenas de agua, sino que la marea estaba empezando a subir.

—De modo que ¿qué dices? Has estado bastante callada —le dijo, tocándole ligeramente el brazo—. Santa Holly, no me digas después de todo que has perdido la fe.

—No, no la he perdido. —Su sonrisa la hizo con un cierto esfuerzo, sus demás emociones eclipsadas por la repentina sensación de vacío que sintió en su corazón. ¡Qué irónico! Él la había buscado para hablarle acerca de su nuevo nacimiento, mientras ella se encontraba sumida en una especie de zona muerta espiritual, lo cual hizo que se sintiese como un fraude ante él.

Probablemente sería lo mejor que cada uno se fuese por su lado. ¿Qué tenían ya en común? Ella veía la paz en él, el gozo y le había estado observando en la recepción de Jean, sonriendo, riendo y hablando con su público, que aún le adoraba. Ella no encajaba en nada de eso.

—No sé eso de cenar, Sergio —comenzó, escogiendo cautelosamente las palabras—. Pero estoy realmente contenta de que Dios te siguiese buscando hasta que por fin estuviste listo para decirle que sí a Él...

—¿Estás involucrada con alguna otra persona? —le interrumpió, deteniéndose a medio camino.

—Uh... no.

—Bien. —Su sonrisa era una que ella recordaba, perezosa y segura—. Entonces nos lo tomaremos con lentitud.

Holly deseaba protestar, decirle que no creía que debieran llevar las cosas de ninguna manera, pero él ya se le había adelantado. Suspirando, caminó hacia adelante, dispuesta a suprimir su apreciación equivocada y remplazarla por la reprimenda de hacía una década.

Pero ¿podía suprimir con tanta fácilidad los anhelos tan profundos que sentía hacia este hombre en su corazón?

Capítulo 4

Tres grandes jarrones transparentes estaban alineados sobre el mostrador de acero inoxidable. Holly había "cubierto de follaje" cada uno de los recipientes, al estilo de una cadena de montaje, y estaba añadiendo unas flores de la misma manera con el propósito de que hubiera un equilibrio. Sus movimientos eran rápidos, pero no acelerados, tomando forma cada uno de los ramos al ir trabajando en ellos. En el suelo, junto a sus pies, fue aumentando el montón de recortes que había ido cortando con movimientos diestros con el afilado cuchillo suizo que tenía en sus manos.

—¿Puedes decirme de nuevo cuánto vale el *lisianthus?* —le preguntó Brenda Fahey, colocándole el precio a un arreglo floral que había completado—. ¿Dos cincuenta?

—Dos setenta y cinco —le dijo Holly sonriendo a la madre de tres niños, que tenía treinta y pico de años, y que había empezado a trabajar dos días a la semana cuando su hijo menor había comenzado el primer grado el otoño pasado. Brenda era una buena trabajadora y en ella era algo nato el diseñar.

—Algún día aprenderé los precios de las flores. No puedo creerme de qué modo tan automático tú y Ellen piensan en los precios sin el menor esfuerzo. —Ellen Butler era la única empleada de la tienda que trabajaba a tiempo completo. Contratada por Max hacía tres años, conocía el negocio casi tan bien como Holly.

—Bueno, Ellen lleva mucho tiempo aquí y no olvides que yo llevo aquí desde que tenía dieciséis años. Brenda, estás haciendo un gran trabajo y nos alegra contar con tu ayuda —le dijo, animándola.

A pesar de sus estimulantes palabras, persistía el vacío que sentía en su interior, tan familiar como las viejas playeras Nike. Había pasado más de una semana desde su paseo por el Parque Howarth con Sergio Glad y no había vuelto a saber más de él.

Esa noche había rechazado con firmeza su invitación a cenar, segura de que estaba haciendo lo correcto. Ella y Sergio pertenecían a dos mundos diferentes. Él era bien conocido, una celebridad local de los deportes, mientras que ella era sólo... *Sé sincera, Holly. Su recién descubierto entusiasmo por Jesucristo te asusta de verdad. Lo que pasa es que no quieres que se te acerque lo suficiente como para que descubra en el estado en que te encuentras.*

Entonces, ¿por qué una parte secreta de ella, deseaba que llamase de todos modos? No podía olvidar el aspecto que tenía aquella noche, sentado tras el volante de su camioneta, al marcharse... fuerte, atractivo y, por algún motivo, vulnerable. La imagen perduró en el recuerdo de su mente, de manera agridulce.

¿Qué es lo que te sucede? Nunca tuviste sentimientos como estos en relación con Kevin. De hecho, por el único hombre que te has sentido de este modo ha sido Sergio Glad. Sin que ella lo buscase, el recuerdo del antiguo beso que le había dado Sergio le vino a la mente. Emocionante, aterrador. *Pura infatuación de adolescente, de*

modo que ¿qué importa si Kevin no te dio nunca un beso de ese modo? Se supone que el amor maduro no es tan tremendamente arrollador.

¿El amor maduro? ¿Había sido eso lo que Kevin y ella habían compartido? Durante un largo tiempo su relación había sido cómoda, amigable, tan estable, sin altibajos. No había sentido en su interior la profunda emoción del amor. Pero entonces el cáncer de su madre progresó y ella empezó a verle cada vez menos. Parte del motivo era que el atender a su madre requería más de su tiempo, pero la otra era que Kevin no podía soportar estar con personas enfermas. Su petulancia se convirtió en resentimiento, su resentimiento en ira y finalmente pusieron fin a la relación.

—¿Quieres que acabe esas por ti? —la voz de Brenda se introdujo en los recuerdos de Holly—. Son ya pasadas las dos y todavía no has ido a tomar tu café. O tu reloj interno está retrasado o de lo contrario te escapaste y te llenaste de cafeína a la hora de la comida. —Sus ojos de color avellana brillaban por encima de una sonrisa traviesa—. Aunque la verdad es que la manera como te estás moviendo no pareces tener demasiada energía. Llevas ya cinco minutos dándole vueltas a la misma flor en tu mano.

Holly comprobó su reloj y a continuación echó un vistazo a la espiga del tronco de dulce fragancia que tenía en su mano, dándose cuenta de que estaba dedicando más tiempo a soñar que a trabajar. —Creo que voy a aceptar tu oferta —dijo ostentando una sonrisa pesarosa a su asistente, dejó sus cosas—. Tal vez hoy mi doble debería ser un triple.

—Eso o chupar un par de esas pastillas de café cubiertas de chocolate. A menos que esto tenga que ver con algún hombre, en cuyo caso ninguna cantidad de cafeína te será de ayuda. —La traviesa sonrisa se hizo más amplia frente al salto de sorpresa de Holly—. Ah-já... ¿he descubierto algo?

Sacándose por la cabeza el gruso mandil, Holly no contestó de inmediato.

—Vaya, vaya, creo que decididamente he descubierto algo —continuó Brenda y silbando una serie de alegres notas, se colocó delante de los tres jarrones—, pero no me digas nada si no quieres, señora jefa. A veces es más divertido adivinar lo que está pasando...

—No está sucediendo nada —discutió Holly, cogiendo su bolso—. No hay nadie, en realidad.

—Claro, no hay nadie —dijo con satisfacción brillando en sus blancos dientes—. Vete ahora y tómate tu café. Tendré estas flores preparadas y envueltas antes de que venga Skip para el reparto de por la tarde.

Cogiendo una gruesa flor amarilla Brenda calculó la longitud que necesitaba y cortó su tallo. —Oye ¿cómo va esa melodía? Me da la impresión de que mis hijos la están siempre cantando en relación con alguien —dijo de una manera informal, azuzando la flor y colocándola en el material de espuma verde al fondo del jarrón. —Hmm, Holly y... Holly y... ¿quién? Holly y el hombre misterioso. Bueno, nos arreglaremos con eso. —Comenzó con la cadencia "Holly y *alguien* sentados en un árbol, b-e-s-á-n-d-o-s-e. Primero viene el amor, luego el matrimonio…

Holly escapó de la tienda por la puerta de atrás, sintiéndose aturullada. Incluso cuando había llegado ya a la Avenida Lincoln seguía sonando en sus oídos el ridículo sonsonete de la infancia.

"Holly y alguien, sentados sobre un árbol b-e-s-á-n-d-o-s-e..."

No, era más cómo Holly y Sergio, de pie en la playa.

"Diez años después... diez años después..." ¿qué? No se le ocurría una rima que fuese apropiada. De hecho, pensó, caminando colina arriba, en dirección a la cafetería, no se le ocurría nada apropiado como resultado de conocerse, aunque la playa sonaba bien. Un largo y agradable paseo por la playa, ella sola, era justo lo que necesitaba para que se le despejase la cabeza y para tener una perspectiva fresca sobre las cosas. El sonido del agua resultaba tan calmante, tan sosegante...

Los pensamientos de Holly se vieron interrumpidos al ver a Sergio Glad esperando a la entrada de la Avenida Lincoln Courtyard, con una taza en cada mano. Llevaba puestos unos vaqueros desgastados por el trabajo y una camiseta azul marino y su postura era casual. Una cálida sonrisa iluminó sus facciones cuando se dio cuenta de que tenía la atención de ella y dio un paso hacia adelante. —Llegas tarde —le dijo, inclinando su cabeza hacia su muñeca—. Son casi las dos y media. Mi fuente de información me ha dicho que normalmente acostumbras a llegar a las dos y diez...

A pesar de su silenciosa sorpresa por encontrarse con él allí Holly sintió que su corazón latía de una manera desenfrenada, exactamente igual que la primera vez que se había tropezado con él. Sólo que este no era un encuentro accidental. *Pero tu encuentro con él la primera vez tampoco fue accidental. Él te dijo que estaba esperando el ferry con su madre y te vio ¿lo recuerdas? ¿Y qué hay de las cosas que te dijo en la playa?*

La estaba persiguiendo, no había duda de ello.

—Una moca doble —dijo él, dándole un vaso de cartón grande—. ¿Te gustaría sentarte en el patio? Me he tomado la libertad de escoger unas cuantas cosas que comer que tu amiga que está detrás del mostrador dijo que tendrías problema para resistirte a ellas.

—¿De modo que Mónica es tu informadora? —dijo, cogiendo el vaso. Su voz sonaba natural, pero en su interior se sentía muy lejos de ello. Se pasó la mano por los mechones de cabello que se escapaban de su cola de caballo, deseando al mismo tiempo haber retocado su pintura de labios.

—Y muy buena, por cierto —contestó riéndose—. Venga, vamos a sentarnos. He trabajado todo el día sin descanso, de modo que podría dejarlo temprano y encontrarme contigo aquí. Si no te comes esas golosinas me las comeré yo.

—¿Dónde estás trabajando? —le preguntó ella, siguiéndole a una mesa pequeña. Normalmente Holly se quedaba absorta ante la belleza de aquel patio, las flores, la vista del Sound, pero hoy apenas si se fijó en lo que la rodeaba. En lugar de ello, Sergio Glad llenaba sus sentidos.

—Griffin está edificando un par de hogares muy caros en Goat Trail. ¿Has oído decir alguna vez que el contrabando de alcohol acostumbraba a ser toda una empresa allá arriba? —preguntó, sujetando una silla para ella—. Uno de los hombres me contó que durante los años de la depresión el whisky se metió de algún modo en las cañerías que suministraba el agua a la escuela. ¡Imagínate a todos esos críos llegando a su casa como una cuba!

—¿De veras? —Tomando asiento, Holly estiró el cuello para mirar a Sergio a la cara.

—No, lo que hicieron fue cancelar las clases hasta que arreglaron el problema —dijo riéndose de buena gana—. Parecías preocupada por un momento.

Cuando Holly echó un vistazo a su reloj treinta minutos después, no podía creer que hubiese pasado tanto tiempo. Sergio era un conversador ocurrente y encantador y tenía que admitir que había disfrutado compartiendo con él el café y las pastas. Siempre y cuando no fuese demasiado personal y no lo había sido.

—Posiblemente te he mantenido ya suficiente tiempo alejada de tu tienda —le dijo, comprobando la hora que era—. ¿Puedo acopañarte de regreso?

Las aguas del Sound brillaban con un azul profundo bajo el sol del atardecer cuando Sergio la acompañó unos cuantas cuadras hasta su tienda, charlando ociosamente acerca de diferentes personas y lugares. El tráfico de la hora pico no había comenzado todavía a desplazarse y el ritmo de la pequeña ciudad parecía pausado, pero demasiado pronto la autopista de Mukilteo se llenaría. Las personas que acostumbraban a hacer esa ruta a diario, pasando por Whidbey, estaban deseosas de encontrarse en el ferry que hacía el recorrido, llevándoles a sus casas después del largo día de trabajo.

—Eres propietaria de un gran edificio antiguo, Holly —le dijo Sergio como cumplido, haciendo un gesto en dirección a la floristería Maxie—. Y he oído decir que se te da bien el negocio.

—Déjame adivinar, ¿tu "fuente" te ha dicho también eso?

—Ándate con cuidado porque estás empezando a sonreír —le dijo con una amplia sonrisa mientras su mirada se posaba en la de ella. Marrón, tono moca, profundos, sin fondo. Transcurrió un largo momento y algo cambió entre ellos.

Holly adoptó una mirada sobria ante la intensidad de la mirada de Sergio, comenzando a sentir en el fondo de su estómago un temblor causado por la ansiedad.

—No voy a andarme por las ramas —comenzó él, dando un paso hacia adelante y tomando la mano de ella entre las dos grandes palmas de sus manos—.

Quiero verte de nuevo. Quiero cenar contigo, quiero saber más acerca de ti y quiero hablar de manera especial acerca de tu fe contigo. Para resumir, quiero ponerme al día acerca de todas las cosas que me he perdido por haber sido joven, tonto y estúpido.

—Ah —dijo Holly vacilando, retirando su mano, sintiendo el pánico recorrerle el cuerpo—. No tienes necesidad de compensarme por nada...

—Holly, no se trata de compensarte de nada, esto tiene que ver con empezar de nuevo... de inmediato.

—¿Cuál es la manera correcta y por qué yo? —dijo Holly angustiada al ser consciente de lo rápido que sonaban sus palabras, pero se sentía confusa, no sabiendo cómo hablar más despacio—. Estoy segura de que habrá docenas de muchachas que estarán encantadas de saber que Sergio Glad ha regresado a la ciudad.

—No me importan esas docenas de muchachas, Holly, estoy interesado en ti. —Enganchando sus dedos en el interior de sus bolsillos, dio un paso atrás y le echó un buen vistazo a ella—. ¿Por qué tú? Si te dijese que es porque eres una mujer hermosa no estaría mintiendo.

Al escuchar esas palabras y ante su mirada a Holly se le puso la carne de gallina en los brazos.

—Pero principalmente es porque no puedo dejar de pensar en ti. —Movió la cabeza y miró hacia el cielo—. Holly, no lo entiendo, de veras que no. Todo lo que sé es que desde que reconocí mi necesidad de Dios, he estado sintiendo como si estuviera siendo empujado en tu dirección.

—De modo que esa revelación 'divina'...

—Veo que tu lengua no ha perdido su dureza —interrumpió, volviendo a aparecer la vaga sonrisa—. Pero yo no he dicho nada acerca de una revelación divina. Puedo hacerlo, si es que te hace sentir mejor...

—No... no. —Sintiéndose cada vez más incómoda, movió la cabeza en una negativa y dio un paso hacia atrás—. Posiblemente pienses que estoy siendo... —no se le ocurría la palabra apropiada para describir sus emociones, sus sentimientos.

Esperó, con una expresión cálida y paciente reflejada en sus profundos ojos castaños y, por alguna razón, el mensaje no hablado de que ella era algo por lo que valía la pena esperar fue lo que hizo que peor se sintiese porque no lo era. Ella no era ninguna de las cosas que él esperaba que fuese y sería humillante que descubriese que se había convertido en una enana, desde el punto de vista espiritual.

—Lo lamento —dijo en voz baja, con el corazón encogido con la misma intensidad de dolor que había sentido diez años antes. ¿Por qué estas cosas estaban destinadas a no funcionar nunca entre ellos?—. Necesito marcharme.

Metiendo la mano en su bolsillo de atrás, sacó su cartera y le entregó una tarjeta a ella. —Aquí tienes mi número. No se lo doy a cualquiera, ¿sabes? —Su sonrisa era tan simpática como de costumbre, pero había una nota de tristeza en ella—. Y nunca le digo a la gente que me puede llamar de día o de noche... pero a ti sí que te lo digo.

Holly le vio marcharse a través de ojos llenos de lágrimas. ¿Qué era acerca de este hombre que parecía retorcerle el corazón una y otra vez? Su modo de andar era sencillo, su paso seguro, pero sabía que su rechazo le había dolido. Una profunda sensación de pérdida se apoderó de ella al doblar él la esquina y perderse de vista.

Tal vez, sólo tal vez, si puedo ver las cosas claras... medio pensó, medio oró, pero ahora, como de costumbre, daba la impresión de que Dios no estaba escuchando.

Capítulo 5

lgún *sábado por la noche* —pensó Sergio sacando la basura y contemplando el mejor canal en el que ver las noticias. Las historias sensacionalistas y un embrollado pronóstico del tiempo precedieron a los deportes en todos ellos. Tal vez lo que debería de hacer es dejarlo ya, dejar de ver la televisión de una vez para siempre.

Levantando la bolsa sobre el contenedor de basura, detrás del complejo de casitas de dos pisos en las que vivía, Sergio se dio la vuelta y caminó por la acera de cemento bien pavimentada de vuelta a su casa. El frío aire del otoño le dio de lleno en la cara y en sus brazos desnudos y no pudo evitar pensar en cómo había esperado poder pasar la tarde con Holly disfrutando una cena de mariscos... pero en lugar de eso estaba sacando la basura.

Holly, pensaba tan constantemente en ella que estaba empezando a preguntarse si no padecería una obsesión. Mientras se hallaba tumbado en el hospital, la idea de pedirle perdón y de contarle su experiencia de conversión le pareció como una manera santa de expiar la forma tan deplorable como la había tratado, pero

49

todo el tiempo que se había pasado pensando acerca de Holly no había hecho nada por preparar su corazón para verla de nuevo. Estaba seguro de que su corazón había saltado de su pecho y había aterrizado en su manga cuando la vio aquel día entrar en la cafetería en Mukilteo.

En los tiempos de la escuela secundaria ella le había parecido mona, pero diez años habían transformado a la muchacha alta e impetuosa, convirtiéndola en una mujer elegante y la encontraba irresistible. En lugar de quedarse satisfecho con pedirle perdón y despedirse de ella, lo que ahora deseaba era conocerla mejor, ser parte de su vida.

Cerrando la puerta del patio tras de sí, se preguntaba por qué ella continuaba no queriendo saber nada de él. Había diferentes momentos en los que había sentido que ella estaba interesada en él, estaba seguro de ello. No parecía la clase de mujer que fuese a jugar con él, pero no podía evitar tener la sensación de que algo estaba haciendo que Holly le eludiese por algún motivo y además hubiese jurado que había visto el temor reflejado en sus ojos.

Desde que había regresado a la ciudad se había enterado de que el compromiso de ella se había roto. ¿Acaso esa experiencia la había vuelto desconfiada de los hombres en general? Él no había salido con una chica desde hacía mucho tiempo, y no lo había hecho para nada desde que se había vuelto cristiano. Tal vez estaba siendo demasiado agresivo con ella, pero en su interior había cierta intranquilidad, que le impulsaba a continuar buscándola.

Y ella continuaba diciéndole que no, de modo que ¿qué se suponía que debía de hacer él?

Apagando las luces de la sala de estar, se dirigió al dormitorio principal y se dejó caer sobre la cama. Lejos de sentirse soñoliento, abrió su Biblia en el Evangelio de Juan y comenzó a leer. Por algún motivo, el estilo único de Juan hizo que se sintiese inmediatamente vinculado a la realidad del Dios vivo.

El sueño debió de apoderarse de él más rápidamente de lo que podía haber pensado porque lo próximo que supo fue que estaba sonando el teléfono y su mente aturdida registró el hecho de que eran las 4.15 de la madrugada. La Biblia se había caído sobre el lado de su pecho y tenía un calambre en el cuello de haber dormido en una posición demasiado derecho durante las últimas horas.

Quejándose estiró la mano para coger el teléfono, preguntándose si sería su madre llamándole con malas noticias sobre un familiar de avanzada edad, como tenía por costumbre hacer. Pero en lugar de ello, la voz de Holly llenó su oído, con sus palabras saliendo de manera atropellada, rápida y desesperada.

—Espera un momento, Holly —le dijo finalmente, entendiendo sólo que temía que alguien había entrado por la fuerza en su tienda. Toda señal de cansancio había desaparecido al escuchar su voz al otro lado de la línea—. Vuelve a repetirme todo lo que me has dicho, más despacio.

—Acabo de recibir la llamada y quieren que vaya allí —le dijo, dando la impresión, por el tono de su voz, de que a duras penas podía controlar sus emociones—. Me han dicho que tengo que hacer los arreglos necesarios para cerrarlo todo con tablas... y no sé lo que hacer. Hubiese llamado a Jean y a Tim, pero todavía están en su viaje de luna de miel. Sé que a Max no le importaría ayudarme, pero ha emprendido otro viaje.

—A Holly se le quebró la voz y permaneció callada durante un largo momento—. Lamento llamarte a estas horas de la noche —dijo finalmente con sus palabras entre un sollozo y un murmullo—, pero me pregunto si...

—Ahora mismo voy para allá —le interrumpió él, habiéndose levantado ya de la cama e impaciente por ponerse en camino. La necesidad en la voz de ella despertó en él toda clase de sentimientos: ira por la persona que se hubiese atrevido a cometer ese crimen contra ella, un extraño y al mismo tiempo intenso deseo de protegerla y la conmovedora realización de que ella le había llamado en su momento de necesidad y él había oído la necesidad en su voz, una necesidad evidente, pero ¿qué sucedería si sólo le hubiese llamado pensando que él podría clavar unos cuantos clavos?

No empieces a concebir esperanzas, se dijo a sí mismo mientras se dirigía para allá con su coche, al mismo tiempo que oraba diciendo: Señor, *si este es el comienzo que necesito lo voy a aprovechar.*

Cuando Sergio llegó a la parte antigua de la ciudad se encontró con el destello anterior al amanecer en el cielo oriental y se colocó detrás de uno de los dos autos de policía delante de la floristería Maxie. El Toyota de Holly estaba aparcado al otro lado de la calle. Aunque sabía que ella estaba a salvo, sintió una nueva oleada de adrenalina al verla de pie, junto a un oficial, delante de la tienda. La luz, brillante y antinatural, llegaba al exterior desde los dos escaparates de la parte delantera de la tienda, en la calle, que de otro modo hubiera permanecido oscura y desierta.

Holly no era una mujer baja de estatura, pero daba la impresión de ser pequeña y hallarse desamparada al acercarse él. —Gracias por venir —le dijo, ofreciéndole una débil sonrisa al unirse a la pareja en la acera. Unos ojos manchados y un pañuelo de papel hecho una bola eran evidencia de que había estado llorando. Él se sintió enfurecido en su interior y además dominado por el deseo de pegarle una paliza a cualquiera que le hubiese hecho esto.

El oficial estaba ocupado tomando nota de la información en un cuadernito, rasguñando con su bolígrafo a lo largo de la pequeña página. Una vez completada la labor, dedicó su atención de lleno a Sergio. —¿De modo que se ocupará usted de colocar unas tablas de madera sobre la ventana? Bien. Nosotros hemos prácticamente acabado aquí. Entrada forzada, por la ventana posterior —informó, con pocas palabras—. La caja registradora estaba vacía, el cajón abierto, de manera que pensaron en destrozar el lugar. —Movió su cabeza, de pelo cano, en un gesto de repugnancia y buscó algo en el interior de su bolsillo delantero—. Con las alarmas, estos tipos saben que disponen sólo de unos cuatro a seis minutos para entrar y salir antes de que nosotros lleguemos aquí, pero no tiene usted ni idea la de cosas que pueden hacer en esos pocos minutos.

Sacando una tarjeta de su bolsillo, escribió unas cuantas cosas y le entregó la tarjeta a Holly. —Número del caso, número de placa de identidad.

—¿Cree usted que podrán detener a los que lo hicieron?

—Señora, haremos lo mejor que podamos. Si habla usted con alguien de por aquí que pueda haber visto algo, haga que llamen al número de la tarjeta. Un testigo sería nuestra mejor baza.

El otro oficial, un hombre larguirucho de cerca de treinta años, salió en aquel momento por la puerta. —Una vez que hayamos cubierto esa ventana, estaremos seguros. ¿Es usted el tipo? —le preguntó a Sergio, indicando que le siguiese—. Esto no debiera ser demasiado difícil, sólo hay una ventana y puede usted ver donde intentaron entrar primero por la puerta, pero se rindieron y fueron por el camino fácil.

Sergio siguió al policía por la tienda hasta la habitación del fondo, caminando con cuidado sobre el polvo y los cristales rotos. Había plantas verdes que se habían caído y que habían sido pisoteadas, jarrones rotos y arreglos de flores secas tiradas por el suelo, y daba la impresión de que alguien había agarrado un bate de béisbol y había golpeado con él el monitor del ordenador y las puertas de cristal transparente de la cámara de refrigeración de flores más grande en la parte de exhibición. Una gran cantidad de agua de los recipientes que tenían rosas cortadas, claveles y varias clases más de flores, que Sergio no podía reconocer, añadía al desorden reinante en el suelo.

Un acto vandálico sin el menor sentido. Su ira fue en aumento hasta el punto de no estar seguro de cuánta ayuda o consuelo iba a ser para Holly. Se alegraba de haber llamado a su madre antes de haber salido de la casa. Ella sabría todas las cosas indicadas que decir y que hacer.

—Esto no debiera llevarle demasiado tiempo —dijo el policía apuntando a la ventana de atrás que estaba destrozada. Dándose la vuelta para marcharse, hizo una pausa y dijo sobre su hombro—: Oiga, ¿se va usted a quedar con la mujer que tiene las llaves? Parece bastante trastornada.

—Sí —dijo Sergio moviendo la cabeza—. Mi madre también va a venir a ayudar.

—Me alegra oírlo. Intenten pasarlo bien —dijo con sarcasmo el oficial, alejándose.

Sergio midió la apertura de la ventana y regresó a su camioneta a buscar su caja de herramientas y posiblemente algunos pedazos de madera que había echado a la parte de atrás de la camioneta. Holly estaba todavía hablando con el primer oficial de policía y solamente quedaba uno de los autos de policía. Justo en aquel momento, el Honda de su madre dio la vuelta a la esquina y se colocó detrás de su camioneta.

—Hola, cariño. Este debe de ser el lugar —gritó, saliendo de su auto y tirando de una pesada bolsa de lona sobre su hombro. Barbara Glad era una mujer de caderas anchas y de pecho abundante e iba vestida con unos vaqueros y un jersey deportivo y daba la impresión de que estaba a punto de subirse las mangas y ponerse a trabajar de inmediato. Sergio no tenía duda alguna de que eso precisamente sería lo que estaría haciendo en unos diez minutos.

—Este es el lugar —afirmó. No pudiendo evitar resistir la tentación de bromear con ella añadió—: ¿Qué llevas en esa maleta que estás arrastrando? ¿Un desayuno de cinco platos para el Departamento de Policía de Mukilteo?

—Es un termo con café y pastelillos de semilla de limón que hice ayer, graciosillo, pero si el oficial quiere algo de comer, le alimentaré también a él —acabó en un tono lo suficientemente alto como para que lo pudiese oír la pareja de policías en la acera.

Casi un pie de alto más que su madre, Sergio tuvo que inclinarse para recibir el abrazo y el beso que ella le ofrecía. Colocando su mejilla contra la de él, le dijo en un susurro: —Es ella, ¿verdad Sergio? —No le dio tiempo a contestar cuando ella había llegado ya, con la velocidad del rayo, a la acera, presentándose a sí misma a Holly y dándole un cálido abrazo. Suspirando, se dio cuenta de que una buena parte de su ira se había desvanecido con la llegada de su madre. No había duda alguna que ella debió de haber estado orando desde que recibió su llamada. Recogiendo las cosas que iba a necesitar de su camioneta, se dirigió hacia el grupo de personas en la acera. El oficial Eckerd acababa de excusarse para poder escribir su informe, pero no antes de que se llevase una servilleta y dos bizcochos.

Holly se golpeó suavemente los ojos, húmedos por las nuevas lágrimas que había derramado. —Gracias a los dos por haber venido —dijo, mirando entre los dos—. Señora Glad, no puedo creer que haya venido usted en medio de la noche. Usted ni siquiera me conoce...

—Es Barb... —interrumpió la mujer mayor con una suave sonrisa—. Pues claro que te conozco, querida. Sergio me lo ha contado todo acerca de ti. Bueno, ¿qué tal si vamos al interior y echamos un vistazo a las cosas?

Siguiendo a las mujeres al interior, Sergio se rió con nerviosismo al exclamar su madre por el estado de la tienda y dejando su bolsa, se subió las mangas con determinación. Él la había infravalorado. Diez minutos era demasiado tiempo como para que transcurriese entre Barbara Glad y cualquier desorden.

Para cuando dieron las ocho Holly no podía dar crédito a la transformación que se había producido en la tienda saqueada ni tampoco fue necesario que pasase demasiado tiempo como para darse cuenta de que la madre de Sergio era una enemiga acérrima de la suciedad y del desorden. Con una eficiencia increíble, se había sumido de lleno en el caos y había comenzado a poner cada cosa en su sitio. Una vez que Sergio hubo asegurado la ventana de atrás, se unió al esfuerzo de las dos mujeres, trabajando con el cubo de la basura, la escoba, el recogedor y recogiendo y limpiando la peor de las porquerías en el suelo. El trabajo había sido duro, pero los tres se habían llevado muy bien, incluso arreglándoselas para reírse alguna vez en medio de una creciente camaradería.

—¿Cómo puedo darles las gracias suficientes a los dos? —preguntó Holly, inspeccionando la parte de la tienda que servía de exhibición—. Si no hubiese sacado las fotos con la Polaroid cuando acababa de llegar, no hubiese podido creer que hubiésemos tenido tal desastre entre manos.

Puedes darme las gracias permitiéndome que te lleve a desayunar —contestó Sergio, apoyando la escoba sobre la pared—. Tú también, mamá.

—¿Desayuno? ¿Después de todos los bizcochos que te has comido? Además, no estoy en condiciones de ir a ninguna parte. —Con ambas manos, Barb Glad hizo un gesto para indicar su apariencia—. ¡Miren qué aspecto tengo!

—De modo que estás un poco sucia, todos lo estamos, pero yo aún tengo hambre.

Sus ojos se encontraron con los de Holly y una sonrisa lenta apareció en su rostro. —Aunque no sé si te podríamos llevar a un restaurante. Esas tiznaduras en tu rostro podrían hacer que nos quedasemos todos fuera... pero por lo menos hacen juego con las que tienes en tu camiseta.

—Cuidado con tus modales, Sergio —le dijo su madre, cepillándose su propia ropa.

Holly miró la mugre en su blusa sin mangas y le echó una mirada de absoluta exasperación. —Sí, ándate con cuidado con tus modales, Sergio —le dijo, dándose golpecitos en la mejilla.

—El otro lado —le dijo, vocalizó, apuntando y haciéndole un gran guiño con el ojo.

Ella le hizo una mueca y se limpió la otra mejilla.

Holly, ándate con cuidado, te estás divirtiendo demasiado con él y con su madre también. Es una señora estupenda... y una santa mujer. ¿Cómo es posible que él fuese como era teniendo una madre como la que tiene? Ella debió de sentirse encantada de la vida cuando él regresó como un hombre totalmente cambiado. La parábola del hijo pródigo se ha repetido.

Su resistencia frente a Sergio Glad se había ido derritiendo a lo largo de la mañana. El llamarle por teléfono había sido una de las cosas más difíciles que había tenido que hacer jamás, pero se había quedado tan anonadada cuando la llamó la policía a media noche, diciéndole que necesitaban que fuese a su tienda porque se había producido un atraco. Durante un largo rato, después de haber colgado, sentada en el dormitorio a oscuras, se le había quedado la mente en blanco. ¿A quién podía pedirle ayuda, para tener un apoyo moral?

Llama a Sergio, le dijo en voz muy baja una voz interior. *¡No! ¡No puedo!* Había argumentado consigo misma mientras se vestía apresuradamente y se cepillaba los dientes. No necesitaba llamar a nadie, ya era una niña grande, propietaria de un negocio, y no necesitaba a alquien que le sujetase la mano después de su primer robo. Pero entonces comenzaron a caerle las lágrimas, y no hacía más que venirle su nombre a la mente, de una manera tan avasalladora que finalmente se había venido abajo y le había llamado. La tarjeta que él le había dado la tenía en su bolso, justo debajo de sus llaves. ¿Por qué no la había tirado?

Tres timbrazos, eso es todo. Si no contesta a los tres timbrazos, colgaré.

Él contestó al segundo timbrazo.

El que estuviese dispuesto a acudir en su ayuda después de su regañina, y que encima se hubiese traído a su madre para ayudarles, era algo que la había conmovido profundamente. Desde que Kevin había roto la relación con ella, no había salido con nadie. Tal vez hacía tanto tiempo que un hombre no expresaba ningún interés por ella que estaba reaccionando de manera exagerada. No había duda de que Sergio estaba interesado, y ella estaba descubriendo que resultaba de lo más divertido estar con él. ¿Quién iba a decir que las cosas tenían que ir en serio?

Barb Glad interrumpió sus divagaciones. —¿Por qué no se van los dos a casa se dan una ducha y vuelven para desayunar? Si nos damos prisa, todavía podemos llegar al último culto esta mañana.

Sergio pretendió sentirse confuso. —¿Quieres que nos duchemos juntos o por separado?

—¡Separados, en casas separadas! —dijo Barb Glad, intentando mantener una expresión severa. —¡Qué cosas se te ocurren, Sergio Andrés Glad! Vas a espantar a la pobre muchacha.

—Ba, tonterías, mamá, ya la hice salir despavorida en el pasado —le contestó con su mejor imitación de un paleto del campo, tirándose de unos imaginarios tirantes—. No es factible que se espante en dos ocasiones. —Volviéndose hacia ella, preguntó—: ¿Señorita Holly? ¿Señora? ¿Quiere usted ducharse en duchas separadas, en casas separadas, y luego tomar unas viandas con mi madre?

—Bueno... —comenzó Holly, más divertida que alarmada.

—Le encantaría —acabó él, volviéndose hacia su madre. —¿Tocino con huevos?

—Escalfados. Un zumo de naranja y tostadas, mi a veces previsible hijo. —Moviendo la cabeza, la mujer mayor comenzó a guardar el termo y las tazas en su bolsa.

—¿Quieres venir, Holly? —le preguntó Sergio, una vez más serio—. Podrías ir con el auto a las cuevas de hielo después de ir a la iglesia. ¿Te gusta ir de excursión?

—Yo...sí —contestó, sorprendiéndose a sí misma por su sencilla respuesta. La verdad era que no deseaba que este día acabase. El largo y solitario paseo que había planeado dar por la playa no tenía ya el menor atractivo.

Sergio recogió su caja de herramientas y sonrió, sus ojos oscuros mirándola de manera cálida. —Mamá puede darte instrucciones, entonces. Te veré allí.

Capítulo 6

Haciendo una pausa para recuperar el aliento, al encontrarse en la cuenca rocosa antes de llegar a las Cuevas de Hielo, Holly miró en dirección a las elevadas montañas que se erguían por encima del glaciar. Extensiones de coníferos salpicaban el escarpado paisaje, añadiendo color a las paredes grises. Sonrió mientras una familia japonesa pasaba junto a ella, apuntando y exclamando en su idioma natal. La preciosa tarde de domingo había atraído a un número considerable de visitantes al parque.

—¿Cuánto tiempo hace desde la última vez que viniste? —perguntó Sergio junto a ella.

—Creo que unos cuatro o cinco años —contestó Holly, recordando el largo día de excursión que habían pasado Jean y ella.

—Hace más tiempo que eso en mi caso. ¿Te has preguntado alguna vez por qué la gente que vive en estos lugares tan impresionantes nunca van a ellos? Son siempre los turistas.

—Supongo que tendremos que tomar nota y cumplir con nuestra obligación cívica de ir a visitar las vistas locales.

—El Monte Rainier el próximo fin de semana.

Holly volvió la cabeza para apreciar su expresión. —¿Hablas en serio?

—Más serio que un ataque cardíaco, pequeña. —Sus ojos castaños, como el café, la miraron con un sonriente desafío—. ¿Estás de broma? Ahora que he logrado convencerte de que no soy un corrupto, depravado y depredador...

—Espera un momento... ¿quién ha dicho que esté convencida? —dijo arqueando las cejas e intentando hacer desaparecer su propia sonrisa—, muchacho, tienes todo un pasado que vencer.

—Y que lo digas —dijo con una expresión por un momento desconsolada y a continuación se animó. —¿Sabes una cosa? Me gusta cuando te vuelves un poco respondona. Me recuerda a cierta niña que conocí hace diez años —dijo tomándola por el codo y guiándola hacia adelante—, estaba llena de energía, y nunca conseguí olvidarla.

Ella le quitó la mano. —Me haces parecer tan encantadora... o algo. No te olvides de que estabas muy furioso conmigo y no puedo creer, ni por un momento, que te fueses a disfrutar toda tu gloria y fama languideciendo por Holly Winslow.

—No, no estaba languideciendo, pero no me olvidé nunca de ti y creo que los dos conocemos el final de la historia respecto a la gloria y la fama. —Su sonrisa apareció en su rostro, mientras la brisa descendía por la montaña, soplando sobre ellos con un aire especialmente gélido—. ¿Has sentido eso? El viento recoge el frío del glaciar, pero allí en esa playa, lo que me dijiste fue incluso más frío que esto.

—Bueno, alguien tenía que reprenderte, tenías un ego del tamaño de...

—De modo que tenía un pequeño problema con mi evaluación propia. Ya, ríete a mi costa —exclamó con fingida indignación a la risa que se le escapó a ella—. Aquí me tienes, intentando ser humilde...

—¿Y completamente honesto también?

Compartieron un momento de humor mientras continuaban ascendiendo y acercándose a las "cuevas", las dos aperturas oscuras en el glaciar mientras la temperatura descendía constantemente, al tiempo que se iban acercando al enorme pedazo de hielo compacto y nieve. A Holly se le pusieron los pelos de punta en los brazos, deseando haberse traído un suéter.

—¿Qué me dices si echamos un vistazo a las cuevas y volvemos a descender donde está más caliente? Se me había olvidado el frío que hace aquí arriba —dijo Sergio, frotándose los brazos. Siguiendo a un grupo de adolescentes, se abrieron camino hasta el glaciar y comenzaron el descenso a través de la cuenca de roca buscando el sendero.

—En serio, Holly —comenzó Sergio después de un largo y cómodo silencio entre los dos—, ahora que veo las cosas con mis "nuevos" ojos, me doy cuenta de lo grandes que son las tentaciones para los atletas profesionales. Están en una edad en la que es más factible que se dejen influenciar por el dinero, por el tiempo libre, y por los atractivos de esa clase de vida. Yo sé que a mí me sucedió.

—Esto no es asunto mío, pero ¿ganaste mucho dinero? —No tenía ni idea de lo que ganaban los jugadores de la liga menor.

—Sí, así es. Más de lo que suelen ganar los abogados y los contables, además de una bonificación por firmar, que seguramente haría que te quedases con la boca abierta. Pero yo era uno al que habían escogido a la primera vuelta...

—Eso es algo que recuerdo. Los periódicos escribían historias acerca de ti durante años, y luego las cosas fueron cambiando y nunca más se oyó hablar acerca de Sergio Glad.

—¿Cambiaron, lo resume todo? —Habían logrado caminar al mismo ritmo una gran parte del camino al descender hasta el sendero, porque para entonces el número de personas que estaban subiendo había ido disminuyendo—, ¿sabes una cosa? —reflexionó—, cuando todo el mundo te está diciendo lo bueno que eres, resulta fácil hincharse y creerse lo que te dicen. Entonces comienzas a tomar decisiones acerca de lo que es importante y lo que no lo es, basándote en tu apreciación desproporcionada de ti mismo. Las cosas están realmente distorsionadas.

—¿Cómo pudo tu madre tolerar que sucediese eso? Parece tan... bueno, una persona con los pies en la tierra.

Sergio movió la cabeza. —Lo es, lo era, pero había estado luchando contra mi padre todo el tiempo y ¿a quién va a prestarle atención un muchacho obstinado y arrogante? ¿A aquel padre o madre que está esforzándose por conseguir que sea realista o el que le llena la cabeza de pájaros al hijo juntamente con el resto del mundo? Mi madre quería que fuese a la universidad antes de firmar con un club de pelota, pero mi padre insistió en que firmase. Además de que, como es natural, firmar era también lo que yo quería entonces.

—¿No tienes una hermana mayor? ¿Qué opinaba ella?

—Ella se había ido ya de casa, estaba asistiendo a la facultad en el este, pero ella se habría puesto de parte de mi madre.

Holly pensó en la madre práctica de Sergio y en el desayuno que habían tomado juntos en su modesto rambler en Everett. Resultaba difícil imaginarse discusiones serias entre ella y su hijo, ya que era casi imposible imaginarse a una mujer tan agradable y cariñosa envuelta en dificultades matrimoniales. —Da la impresión de que los dos tienen ahora una buena relación.

—Es cierto y tengo que decir que ella se merece todo el crédito por haber estado aguantando cuando yo me porté de la peor manera. Nunca se dio por vencida ni dejó de quererme y cuando tuve el accidente, vino en avión a Tejas y se quedó conmigo todo el tiempo que pudo —dijo haciendo una pausa y luego añadió, moviendo la cabeza—: es toda una mujer. No me dijo ni una sola vez "te lo dije".

—¿Y qué me dices de tu padre?

—Dejó a mi madre y se mudó con su novia para cuando mi carrera estaba zozobrando y luego se puede decir que prácticamente desapareció de mi vida. Me dijo que le había decepcionado.

Holly permaneció callada, digeriendo aquella información. Caminaron alrededor de una pareja que se había parado para cambiar el carrete de su cámara. El aire era fresco y olía a pino y a cosas verdes que crecían. Cuanto más abajo caminaban por el sendero de la montaña, tanto más cálida parecía la tarde y Holly sintió que una fina capa de sudor le caía por el pecho y la espalda. ¿Cómo podía haber considerado que los vientos que soplaban del glaciar eran demasiado fríos?

—Mamá hizo que me uniese a su iglesia cuando regresé a casa y uno de los miembros fue suficientemente amable como para darme un trabajo en su compañía de construcción —continuó diciendo Sergio—, me queda mucho que aprender, pero siempre me ha gustado construir, hacer cosas con mis manos. Sé que me queda mucho que aprender también en lo que a Dios se refiere —dijo riendo con nerviosismo—. Si hago todo exactamente lo contrario de lo que acostumbraba a hacerlo, posiblemente vaya en la dirección general de la vida justa. ¿Sabes una cosa? —continuó con un tono más intenso—, me pregunto con frecuencia dónde estaría hoy si no hubiese acabado por llamar al Señor. Siento que envidio a las personas como tú, que le han conocido siempre.

Al escuchar sus palabras, Holly experimentó el frío que había estado deseando sentir. Su relación con Dios estaba en un punto muerto, y el sentimiento de ser una falsa, desde el punto de vista espiritual, se apoderó de ella de nuevo. —Tu madre parece tener una fe fuerte —se atrevió a decir, evadiendo el tema—. Me ha gustado ir hoy a tu iglesia. Tu pastor parece un hombre maravilloso.

—Lo es. Durante las próximas semanas sus homilías serán del evangelio de Juan. La imagen que ha presentado hoy de la viña y las ramas me ha dado de lleno. Puedo relacionarme con ella con gran fuerza... Sergio Glad era la rama intentando dar fruto por sí mismo. Ni siquiera puedo imaginarme lo diferentes que serían las cosas si hubiese estado conectado a la viña para empezar. Cuando pienso en el pasado, había un número considerable de cristianos allí jugando a la pelota. Siempre me burlé de ellos.

—¿Y por qué eso no me sorprende? —preguntó Holly con un tono travieso, mirándole.

Él echó la cabeza hacia atrás y se rió. —Touché, santa Holly. —Su mirada permaneció fija en ella durante unos cuantos segundos con una expresión de diversión en sus oscuros ojos—. Me imagino que no seré yo el que vuelva a burlarme... ya que ahora estaré al otro lado del palo, caray ¿verdad que suena agradable?

—Las recompensas de vivir tu vida para Cristo exceden con mucho a las dificultades. —Su respuesta fue automática, casi oportuna. Sonaba como una mujer que acostumbraba a estar siempre metida en la iglesia, que era lo que Sergio esperaba de ella. *¿Crees de verdad que las recompensas sobrepasan con creces a los sufrimientos, Holly? ¿Puedes sinceramente testificar de una vida espiritual vibrante?*

—Eso es lo que mi madre me dice también, de modo que debe de ser cierto —dijo él, sin ser consciente de la inquietud que ella sentía en su interior. Le dio una palmadita amigable en el hombro—. Venga, mujer sabia. Te compraré la cena en ese pequeño restaurante grasiento allí abajo.

Los próximos días transcurrieron en medio de la confusión de los ajustadores de seguros, de personas que hacían reparaciones y del desafío de intentar seguir adelante con el negocio como de costumbre en medio del caos en la pequeña tienda. El domingo por la noche Holly no había dejado de pensar en Sergio, después del día que habían pasado juntos, pero desde entonces apenas si había tenido tiempo de pensar en él, mucho menos para salir por las tardes a tomarse su taza de moca. Antes de que hubiesen acabado su cena de pollo frito en el pequeño restaurante al que la había llevado de camino de vuelta de las Cuevas de Hielo, la había convencido para hacer una excursión al Monte Rainier el próximo fin de semana.

Haciendo una pausa de su hilera de arreglos florales para darle un sorbo a su coca cola de dieta caliente ya, Holly contempló a un obrero de pelo espeso quitar las tablas que Sergio había clavado a través de la ventana posterior. Sentía en su pecho toda una serie de emociones al recordar de qué modo Sergio había acudido a su llamada de auxilio a medianoche.

—¿Tienes el sopor de las cinco de la madrugada o es que estás pensando en ese alto y atractivo hombre, señora jefa? Tienes de nuevo esa mirada de 'perdida en el espacio'. —Brenda sonrió por encima de la caja de jarrones que llevaba—. Y dijiste que no estaba pasando nada. Pero da la casualidad de que me fijé en el hombre misterioso charlando en la acera la semana pasada. —Se detuvo delante de Holly, dejando descansar la esquina de la caja sobre el mostrador—. ¿Cómo se llama?

—¿Cómo se llama *quién*? —se metió Ellen Butler que acababa de entrar a la tienda. Debido a su insistencia, tanto Brenda como Ellen habían estado trabajando más de ocho horas al día para poder poner las cosas en orden de nuevo en la tienda.

—Solamente un tipo con un aspecto impresionante del que Holly pretende no saber nada.

—¡Holly! —dijo Ellen, apareciendo su rostro gordito a la entrada—. ¡No me lo puedo creer! Estás saliendo con un hombre de aspecto impresionante ¿y ni siquiera nos lo ibas a decir?

—No estamos realmente saliendo... sólo... es una larga historia.

—Digamos sencillamente que la semana pasada Holly salió para un descanso *prolongado* para tomar café... —dijo Brenda, dándole la noticia, al estilo de un periódico sensacionalista—, y finalmente camina con el señor Tío Bueno. Charlan durante un rato, y me fijo en que él le coge la mano...

—¿Y la besa? —interrumpió Ellen, habiendo para entonces entrado por completo en la habitación del fondo, y quitándose las gafas miró a Holly sorprendida—: ¿no me digas?

—No la besó —dijo Brenda decepcionada—. Pero me estoy preguntando acerca de la identidad de este "antiguo amigo" que vino y clavó los tablones en la ventana el domingo por la mañana. ¿Es posible que él y el hombre misterioso sean el mismo? Imagínate a los dos, durante las horas de la madrugada...

—¡Pero, cielo santo, su nombre es Sergio Glad y trajo consigo a su madre! —dijo Holly en un exabrupto, sintiendo como le entraba calor en las mejillas por la jocosidad de su amiga.

—¿Te refieres a Sergio Glad el catcher? —El hombre con el cabello espeso, junto a la ventana, habló antes de que Ellen o Brenda pudiesen responder, dándose completamente la vuelta para mirarla—. Oiga, ¿qué pasó con él, por cierto? Nadie ha sabido nada de él desde hace muchísimo tiempo.

—Está de nuevo en el sector, trabajando en la Compañía Griffin de Construcción. —Holly le lanzó una mirada de *muchas gracias* a Brenda mientras el obrero continuaba mirándolas fijamente, evidentemente insatisfecho con su breve explicación. Las miradas cautivadoras de las mujeres estaban también fijas en ella, y las rosas en sus mejillas parecían incluso más brillantes. —El año pasado tuvo un grave accidente con una moto —explicó con lo que consideró un encogimiento de hombros casual. Arreglando el montón de flores y de verdes que tenía ante sí, seleccionó una margarita Shasta y la añadió a uno de los jarrones.

—¿De modo que eso es lo que ha pasado? —exclamó Brenda después de un prolongado silencio.

—¿Es eso todo lo que vas a decir? —Empujando la caja más hacia atrás en el mostrador, utilizó sus manos para exagerar su imitación de Holly—. Oh no me hagan mucho caso, sólo estoy saliendo con este fabuloso tipo que firmó con un club de pelota nada más salir de la escuela secundaria. Aunque yo no he salido con nadie desde hace una eternidad, no creí que estaría interesada.

Justo en ese momento sonó el teléfono, proveyendo una buena excusa para que Holly le diese la espalda a su público. Ante su sorpresa era Jean. —Bienvenidos a casa, recién casados —le dijo Holly con una sonrisa, desapareciendo la vergüenza que había sentido por lo encantada que estaba de oír la voz de su amiga—. ¡No sabes lo que te he echado de menos! ¿Qué tal San Francisco?

—¡Caramba!... ¿tanto tiempo he estado fuera?

—No, supongo que no... y no me des una extraña ecuación decimal acerca de la cantidad de tiempo que has estado ausente —dijo, escapándosele un profundo suspiro—. Las cosas han andado un tanto...

—Vaya. Cuéntamelo, mi amiga. Te he conocido el tiempo suficiente como para saber que algo está pasando. Durante todo el tiempo que hemos estado ausente no he podido evitar quitarme de la mente el pensamiento de que había un pequeño romance entre tú y Sergio Glad. Lo último que vi al marcharnos de la recepción fue a ti y a él juntos bajo la farola.

—¡No me digas! —contestó Holly, bajando la voz. Echando un vistazo por encima de su hombro, se dio cuenta de que todo el mundo había regresado a sus respectivas obligaciones. Pero con todo y con eso, mantuvo la voz baja—. No debiste sentirte demasiado emocionada empezando tu luna de miel pensando en la situación de la vida amorosa de tu mejor amiga.

La risa de Jean pareció envolverla, como una ola de calor, haciendo que las dos fuesen plenamente conscientes de lo preciosa que era su amistad. —¿Estás intentando descubrir los detalles? ¡Pues no voy a darte ninguno!

—¿Tim está justo a tu lado, no?

—Exactamente. Oye, el motivo por el que te llamo es para invitarte a cenar mañana. Lo haría esta noche y te sacaría una confesión, pero los padres de Tim nos han invitado a su casa.

—Mañana está bien, pero no vas a querer tener que estar cocinando tan pronto después de haber regresado, ¿no?

—De ninguna manera. Este lugar está en total desorden, intentando juntar cosas de dos viviendas. Pensé que podíamos ir a Ivar.

—Me parece perfecto. La tienda deberá estar normal para entonces. El sábado por la noche entraron a robar.

—¡Oh no! ¡Eso es terrible! —Jean acribilló a Holly a preguntas acerca del alcance de la pérdida y los daños. Una vez que hubo quedado satisfecho lo peor de su curiosidad, insistió en recoger a Holly en Maxie's a la noche siguiente para poder ella misma ver la floristería—. Y no te creas que me he olvidado de Sergio Glad, ¿entiendes? —añadió antes de colgar.

Holly sonrió pensando por adelantado en la cena con su amiga. Le haría mucho bien contar con la ayuda de Jean para desentrañar sus confusos pensamientos y sentimientos. Pero antes de que hubiese dado un paso volvió a sonar el teléfono. —Lo tengo —dijo, contestando automáticamente—: Floristería Maxie.

—¿Es Maxie misma?

—Hola, Sergio. —El peculiar temblor bajo sus costillas comenzó de nuevo al escuchar su voz. Se había estado preguntando si tendría noticias de él durante la semana.

—Gracias por las flores, Holly. Acabo de llegar a casa del trabajo. ¿Sabes una cosa? No recuerdo haber visto jamás un ramo de flores "para hombres" pero me gusta realmente lo que has hecho. Tal vez sea las espadañas... o los girasoles, ¿quién sabe? Mi madre también ha recibido hoy sus flores. Me ha dejado un mensaje diciendo que estaba encantada con ellas. No tenías que haberlo hecho con todas las preocupaciones que tenías ya.

—Y ustedes dos tampoco tenían obligación alguna a venir a media noche y trabajar hasta el agotamiento. Es mi pequeña manera de darles las gracias por su preocupación.

—¿Cómo has estado? —preguntó con ternura, preocupado—. Estos dos últimos días han debido ser espantosos.

—Al decir eso te quedas corto, pero estamos avanzando bastante, mientras intentamos seguir adelante con el negocio como de costumbre. De hecho, en estos momentos tengo aquí a un hombre arreglando la ventana.

—Destrozando mi obra de arte, supongo —dijo bromeando—. Bien, ¿te gustaría tomarte un descanso y alejarte de la escena del crimen cenando conmigo? Puedo lavarme y estar ahí entre las seis y las seis y media.

—Bueno... —El cosquilleo en su estómago hizo que se quedase muda por unos minutos.

—No tenemos que ir a un lugar elegante. Es sencillamente que me gustaría verte antes del fin de semana —dijo con una risa nerviosa, su voz cálida en su oído—. Mi madre me ha hablado dos veces desde el domingo, pidiéndome que los dos vayamos a cenar con ella. Le he dicho que tendría que esperar un poco porque no es ella la que está teniendo una cita contigo, sino yo.

—¿Es eso lo que estamos haciendo? —preguntó, sintiendo el teléfono húmedo bajo sus dedos.

—¿Teniendo citas? Creo que sí. Aunque en mi caso hace tanto tiempo que apenas si lo recuerdo.

A pesar de su nerviosismo, Holly se rió por su imitación de la voz de un anciano. —Yo tampoco. Ni siquiera sé lo que estoy haciendo.

—Holly, no tienes que *hacer* nada. —Ella podía imaginarse la sonrisa de él al otro lado del teléfono al continuar diciendo—, tú estáte preparada para ir a cenar a las seis y media. Eso es, no tienes que hacer nada. Vamos, cenamos, hablamos. ¿Quieres que vaya a tu tienda o a tu casa?

Mirando hacia abajo examinó su aspecto. No era bueno. Los arreglos florales sobre el mostrador reclamaban su atención y el señor Fanático del Deporte Local parecía tener una cierta manera de aparecer ante la ventana. —Oye, Sergio... no sé si estaré lista para entonces.

—Eso no es problema. Entonces me traeré una pizza y te haré compañía durante un tiempo. Tal vez cuando acabes podríamos salir a tomarnos un helado.

El resolver el tema de lo que debía llevar la pizza resultó sorprendentemente sencillo, pues los dos eran enemigos de los champiñones y eran fanátivos de los pepperoni. Colgando el teléfono, regresó de nuevo a su trabajo, con una mezcla de nerviosismo y anticipación haciendo que sus manos resultasen vacilantes. *Holly, ándate con cuidado porque te vas a pegar un corte enorme en el dedo.* Respirando profundamente, intentó tranquilizarse. ¿Estaba realmente "saliendo como con un novio" con Sergio Glad, como él había mencionado de una manera tan casual? Habían pasado una tarde entera en las Cuevas de Hielo y habían hecho planes para ir al Monte Rainier el próximo fin de semana. ¿Se podía considerar que dos actividades al exterior era salir como si fuesen novios? *Y no te olvides de la cena de esta noche.*

Atropelladamente, las palabras anteriormente pronunciadas por Sergio se abrieron camino en sus pensamientos. *"Desde que reconocí mi necesidad de Dios, no hago más que sentir que estoy siendo empujado en tu dirección".* Ella recordaba haber deseado alejarse de él todo lo rápidamente posible al momento en que dijo esas palabras. ¿Cómo podía creer que Dios les estaba empujando a los dos a estar juntos? ¿Sobre qué base podía llegar a esa conclusión? No era más que un recién nacido cristiano, totalmente nuevo en el terreno de la fe.

Ella no tenía semejante percepción respecto a que su relación hubiera sido diseñada por Dios y ella había mantenido una relación con Él durante mucho más tiempo que Sergio. Cuando había salido con él, siendo una adolescente, lo había hecho desobedeciendo a los deseos de sus padres y eso no encajaba para nada con la voluntad de Dios. Ella sencillamente se había enamorado de él de tal manera que decidió salir con Sergio de todos modos.

Y mira lo que pasó.

Pero ya no es esa clase de persona —otra parte de ella argumentó. Ha entregado su vida a Cristo y aún hay algo en él que hace que parezca que el corazón me va a saltar del pecho. Más vale que te andes con cuidado, Holly, o te vas a enamorar locamente de él una vez más.

Capítulo 7

¿De modo que también le viste anoche? —Jean dio un sorbo a su té helado y se encontró con la mirada de Holly por encima del borde del vaso. Habían hecho su pedido y estaban esperando que les trajesen sus platos de marisco y pasta.

—Trajo una pizza a la floristería. Creo que Brenda debe de haber oído una parte de mi conversación con él por teléfono porque tanto ella como Ellen se las arreglaron para mantenerse ocupadas hasta que llegó.

—Eso debió de ser realmente interesante —se rió Jean, dejando su vaso sobre la mesa—. Solamente he visto a Brenda unas cuantas veces, pero me da la impresión de que puede ser una verdadera lianta.

Holly meneó la cabeza y una sonrisa involuntaria apareció en sus labios. —El hombre que estaba instalando la ventana fue lo peor de todo, permaneció allí y no hizo más que darle la lata a Sergio con toda clase de preguntas. Ellen y Brenda se quedaron el tiempo suficiente como para echarle un buen vistazo y luego se marcharon. Tengo que decir que Brenda se comportó relativamente bien, pero de salida se aseguró de decirle que hiciese feliz a Holly.

—¿Que te hiciese feliz o que te convirtiese en la señora de Glad?[1]

—Sabiendo cómo funciona su mente lo dijo en los dos sentidos.

—¿Qué dijo él?

—Le contestó: esa es mi intención".

A Jean se le abrieron enormemente los ojos y preguntó: —¿Quiere casarse contigo, Holly?

—No, no, estoy segura de que no lo tomó de ese modo —dijo escapándosele una sonrisa nerviosa, dando un mordisco a su pastel de avellana—. Estoy segura de que lo que quiso decir es que me hiciese estar alegre.

—¿Y luego qué sucedió?

—Nos comimos la pizza, cerramos la floristería y nos fuimos a dar un paseo a buscar un poco de helado. —Holly anduvo ocupada con un pedazo de mantequilla dura, recordando de qué modo Sergio había intentado conseguir que hablase del tema espiritual mientras caminaban por la orilla del mar.

—Así que hiciste un poco de ejercicio y conseguiste un poco de calcio y ¿eso fue todo? —La mirada de Jean era directa y penetrante—. Holly, te estás portando de una manera muy extraña. Acostumbrabas a estar locamente enamorada de este hombre y ahora mismo ni siquiera sé si te gusta o no.

—Bueno... sí... me gusta, pero...

—¿Pero qué? Venga, ¿qué está pasando dentro de esa cabeza tuya? Me cuentas todo eso acerca de su vida y su accidente, además de su conversión y cómo siente que

---

1. N. del T.: En inglés la palabra "glad" significa feliz o alegre, que es el mismo término del apellido.

Dios le está empujando hacia ti y lo cuentas con la misma emoción que si estuvieses dando un informe de noticias. ¿Dónde están tus sentimientos? ¿*Cuáles* son tus sentimientos?

—No lo sé —dijo Holly en voz baja, estudiando el fino borde de madera de roble alrededor de la mesa.

—¿No crees posible que Dios haya diseñado una segunda oportunidad para ti y para Sergio? No puedo evitar pensar lo perfecto que sería que ustedes dos...

—Oye, sencillamente porque estés sumida en la bruma del amor de una recién casada no significa que yo también tenga que estarlo.

—¿Ah sí? En ocasiones Dios resulta bastante gracioso. Durante años te has estado escondiendo, y yo no considero que Dios no sea capaz de juntarlos de nuevo y esta vez de la manera correcta. Holly, a veces me pregunto si se te ha olvidado lo mucho que te ama y me apuesto cualquier cosa a que a Él no se le ha olvidado lo mucho que tu corazón acostumbraba a desear a Sergio.

—Pero de eso hace diez años y se suponía que entonces ni siquiera debería de haber salido con él.

—Dime que Sergio Glad no consigue que se te acelere el corazón —le dijo Jean arqueando las cejas y apoyándose hacia adelante—, ¿sabes una cosa? si yo no estuviese enamorada de Tim es posible que a mí se me acelerase el corazón viendo a Sergio Glad.

—Jean, me asusta —dijo las palabras antes de poder pensar en decirlas.

Jean movió la cabeza pensativa. —No creo que eso sea tan extraordinario. No has vuelto a salir con nadie desde Kevin y de eso hace ya mucho tiempo. Más de diez por ciento de tu vida.

—Tus cálculos parecen hechos un poco a la ligera —comentó Holly tranquilamente después de una pausa, considerando que iba siendo ya hora de cambiar el curso de la conversación—. Tal vez tu luna de miel fue como si se hubiese producido un cortocircuito en alguna de las conexiones de tu ordenador mental.

—¿De modo que eso es lo que piensas? Bueno, pues para tu información mis cálculos son tan exactos como siempre. Veintisiete entre tres son once punto once por ciento, de hecho, la ecuación produce una serie de unos infinitos.

Holly sonrió ante la expresión tan intensa de su amiga bajo el flequillo rubio, bien colocado. —Por favor, ahórrame la imagen mental de pequeños números unos marchando hacia lo infinito. Sólo estaba intentando cambiar el tema. Cuéntame sobre San Francisco, por los menos las partes que no son "sólo para adultos" por lo menos.

Sintió de nuevo el vacío en su pecho, más fuerte que nunca, al compartir Jean las vistas, los sonidos y el colorido de la ciudad junto a la bahía. Su amor hacia su marido brillaba en sus ojos y animaba su conversación, y Holly comenzó a preguntarse cómo sería amar a un hombre con todo su corazón y con toda su alma y ni siquiera el plato de humeante y rica pasta de mariscos hizo nada por aliviar el vacío que sentía en su interior. Ella era lo suficientemente inteligente como para estar consciente de que su hambre no tenía nada que ver con el alimento, pero no sabía qué hacer al respecto.

Una helada niebla presionaba contra las ventanas y cubría el oscuro vecindario. Habían pasado semanas desde que Holly y Jean cenaron juntas y había visto tanto a Jean como a Sergio varias veces más desde entonces. Aparentemente las cosas iban bien, pero en el fondo,

Holly sabía que algo de vital importancia faltaba en su interior.

Dejando caer la persiana de nuevo, Holly tembló y se cerró aún más la bata de felpilla alrededor de su cuerpo. Estaba cansada, pero sabía que no podía volver a dormirse. Intentó orar, pero nada parecía bien y nada se *sentía* bien. Hacía tanto tiempo que no había sentido la presencia de Dios que se preguntaba si alguna vez la había sentido.

—¿Qué está sucediendo, Señor? —dijo en la habitación oscurecida después de un intento vacilante por alabarle, con un cierto tono de dureza en su voz—. ¿Dónde estás? ¿qué estoy haciendo mal? ¿qué es lo que Tú quieres que yo esté haciendo? ¿y qué está pasando con Sergio Glad? ¿Es ésta realmente tu idea como parece pensar Jean? —fue al cuarto de baño, encendió la luz y parpadeó, fijándose en su imagen soñolienta en el espejo. De repente toda su ira se desvaneció y añadió suavemente—: ¿Crees que podrías, por favor, enderezar mi vida? Me estoy hartando de vivir de este modo.

Ni el cielo ni la tierra se movieron para responder, pero Holly se sintió un poco mejor después de ducharse y vestirse. Aunque estaba preparada para enfrentarse con el mundo a esa temprana hora, se alegró de que fuese Ellen la que tuviese que ir a la casa de ventas al por mayor para seleccionar las plantas recién cortadas para el día. Con su apretado horario, agradecía el ritmo más pausado de los dos días a la semana en que su asistente hacía los viajes en su lugar. Sus empleadas también eran fanáticas de esos días porque con frecuencia Holly llevaba algunos alimentos cocinados en el horno.

Seleccionó y puso un disco compacto de sinfonías de Mozart. Un instante después, las melodías de tríos y los ritmos vibrantes de la Sinfonía número 34 llenaron su pequeña y ordenada casa. Volvió con pasos suaves a la cocina para disfrutar una taza de café muy caliente y decidió que era un buen día para hacer buñuelos. A todo el mundo en la tienda le gustaban, especialmente a Ellen.

Hacía sólo tres años que la anterior dueña de la casa había renovado la cocina. Aunque no era grande, la habitación estaba muy bien distribuida, proveyendo suficiente espacio para armario y mostradores. Los suelos de madera dura, de color oro, hacían juego con los ribetes blancos de madera y las superficies de los armarios, mientras que un sencillo papel de pared de frutas y flores decoraba los bajos y las paredes en el rincón de la mesa para el desayuno. Al coordinar los valores y los electrodomésticos de alta calidad había puesto un acabado de gran estilo a la habitación. Juntamente con su localización, no había duda de que la cocina había sido el punto que la había convencido para comprar la casa.

Mezclando los ingredientes secos, cortó tres tercios de una taza de mantequilla, como de costumbre, e intentó calcular los gramos y calorías de cada buñuelo. Astronómicas. Cualquiera que tuviese un mínimo de cerebro sabía que ese era el motivo por el que eran tan buenas que se derritían en la boca. Su amiga Pam del estudio bíblico le había dado la receta, advirtiéndola que usase auténtica mantequilla y leche pura para conseguir los mejores y más ligeros resultados.

El pensar en Pam la llevaba invariablemente a los recuerdos de las maravillosas veladas de comunión que había compartido con ella y con su pequeño grupo los jueves por la noches. Una mezcla de risas y lágrimas, gozo y dolor, pero durante los últimos meses más bien había adoptado el papel de una estudiante callada, volviéndose cada vez más distante y sin poderse centrar. Siempre había completado sus hojas de trabajo a tiempo, pero la sensación de que cada una de las lecciones tenía algo personal para ella hacía tiempo que se había esfumado.

Pensó por adelantado en el próximo fin de semana con Sergio. Empeñado en tomar en serio palabras que ella había dicho en broma de ir a ver las vistas locales la había acompañado a varias de las áreas naturales de Seattle y a las atracciones creadas por el hombre durante las últimas semanas. Había hecho planes para pasar el próximo sábado en la isla San Juan, algo que Holly no había hecho desde niña.

Poniendo cucharadas enteras de mezcla de harina en los moldes de galletas, se puso a recordar las semanas pasadas con Sergio, dándose cuenta de que era un compañero maravilloso. Aparte de su atractivo, era ocurrente y sensible además de simpático. Más bien que salir como novios, casi le daba la impresión de que eran una pareja de amigos haciendo cosas juntos.

Puedes decirte eso a ti misma —le dijo su instinto—, *pero tú sabes que Sergio no se va a quedar satisfecho con ser sólo tu compañero de visitas turísticas para siempre. Tú has visto la mirada en sus ojos y sabes qué quiere más.*

Colocando el molde de galletas en el horno puso el cronometrador en quince minutos. Inquieta por el curso de sus pensamientos, se dirigió a la puerta del frente para recoger el periódico de la mañana. Con escaso interés, leyó por encima los titulares, buscando el pronóstico del tiempo extendido para el fin de semana. Vio con satisfacción que para el sábado estaba anunciado tiempo agradable, anticipándose a un día soleado con mares tranquilos.

Pero nunca se hubiese imaginado lo equivocada que estaba.

❧

El sábado amaneció despejado. La fría niebla de las últimas mañanas era un recuerdo distante al colocarse Holly sobre las losas de su patio de atrás y respirar las cálidas corrientes submarinas de una mañana de verano indio. Aunque sus sentimientos respecto a Sergio no eran más claros de lo que era la neblina que con frecuencia caía sobre la costa, esperaba con anhelo pasar el día con él, pues hacía ya años que no había estado en el archipiélago de San Juan.

Recordó con nostalgia la última vez que sus padres les habían llevado a Denise y a ella a la isla San Juan. Después de haber pasado algún tiempo en el pintoresco puerto Friday Harbor, habían alquilado una barca y habían ido por la parte oeste en busca de ballenas. Había sido una aventura familiar, divertida, llena de risas, con su padre adoptando el papel de temerario y su madre como la poco entusiasta castigadora. Entonces habían hecho su aparición cerca de la barca una bandada de juguetonas orcas, haciendo que todos permaneciesen callados por la admiración.

Durante un momento brotó en su interior un torrente de tristeza, después de que un profundo suspiro escapase del pecho de Holly. Sus padres estaban muertos, y Denise estaba casada, viviendo en otro estado. En ocasiones le costaba trabajo creer los cambios que se habían producido durante los últimos años, pero a pesar de la bendición que era tener sus amigos, su hogar y un negocio que tenía éxito, la verdad era que estaba sola en la vida.

Echando un vistazo a los lechos de flores demasiado exuberantes, que se encontraban alrededor del patio y de la pared, se reprendió a sí misma por meditar en pensamientos tan dolorosos cuando había tantas cosas en las que ocuparse. De entre las dalias salían varias malas hierbas y se inclinó para arrancar una, consolándose a sí misma con el hecho de que sus padres se encontraban ahora bajo el cuidado de Dios.

Y también lo estás tú, Holly, no estás sola.

¿Era esa la voz del Espíritu Santo, se preguntó a sí misma, o sencillamente sus propias ilusiones? Habían pasado tantos meses desde que había escuchado la voz de Dios que no había manera de estar segura. Caminando en dirección a la espita, llenó su regadera y comenzó a regar su combinación de flores y de malas hierbas.

Hoy no era el día indicado para meditar en los problemas de la vida —se dijo a sí misma—, sino un día para disfrutarlo. El calor del sol de la mañana le dio en los hombros y alzó la vista en dirección al cielo, asegurándose de que no quedaba ninguna nube sobre ella. Un día en el Sound sería perfecto.

Sergio apareció a la vuelta de la esquina de la casa haciendo ridículos sonidos como gorgojeos, mientras ella llenaba su alimentador para pájaros. Volviéndose a mirarle sintió que su corazón saltaba en su pecho.

—La montaña ha quedado descartada —anunció con una sonrisa engreída, refiriéndose a la visibilidad del Monte Rainier en una mañana despejada—. ¿Sé escoger un día o qué? ¿Estás lista para ir a San Juan y tal vez ver algunas ballenas?

—¿Crees que está muy avanzada la temporada como para poder ver alguna?

—Mi amigo Todd me ha dicho que en las San Juan hay tres bandadas de orcas residentes. Nos detendremos en el Parque de Contemplación de Ballenas y echaremos un vistazo.

Holly sonrió. —Estaba recordando un viaje que hizo mi familia, hace ya años. Creí que mi madre se iba a desmayar cuando una ballena nos rozó por debajo de nuestra barca.

—¿Se dio la vuelta y se quedó con los ojos mirando por encima del agua para poder verlos? La última vez que Todd me llevó a pescar salmones, nos sucedió eso. Creo que su aleta dorsal por sí sola mide seis pies. —Se rió por la expresión de ella, su mirada tan cálida como el sol de la mañana—. Holly, me alegra oír acerca de tu familia, no hablas demasiado sobre ellos. Debe de ser muy duro para ti que se hayan ido.

Ella movió la cabeza, parpadeando para quitarse las lágrimas repentinas. —Esta mañana estaba sintiendo un poco de lástima de mí misma por ese motivo exactamente.

—Ven aquí —le dijo, extendiendo sus brazos.

Por alguna razón, se encontró a sí misma en sus brazos, con su mejilla apoyada contra su masculino pecho, la lata de café en la que había llevado las semillas para los pájaros golpeó silenciosamente contra la hierba. La colonia, con olor a madera, que llevaba puesta se mezcló con el olor fresco de su camisa, añadiendo más munición al asalto sobre sus sentidos. ¿Cuánto tiempo hacía que un hombre la había tenido entre sus brazos... y se había sentido alguna vez abrazada por unos brazos que la hubieran hecho sentirse así de bien?

Una mano fuerte le alisó el pelo con cuidado y sintió cómo él colocaba un beso sobre la parte superior de su frente. —Oh, Holly —dijo, suspirando su nombre y le sonó como un trueno en su oído—. ¿Quieres ir hoy? Podemos cambiar los planes si prefieres hacer otra cosa.

—No, aún quiero ir... —comenzó, mirándole y su aliento quedó parado en su pecho al ver la expresión de él—. —Vamos —pudo decir por fin.

¡Compañeros de visitas turísticas, seguro! Era hora de luchar contra la situación y acabar con ella por completo o perder los sentidos por este hombre. —Seguramente deberíamos marcharnos o nos perderemos el ferry —añadió ella, con la voz sonando a anémica, dando un paso hacia atrás.

—Como desees. Las ballenas están esperando, señora —le dijo soltándola con una sonrisa melancólica—. Vayamos a buscarlas.

Capítulo 8

A pesar del clima prometedor, Holly se alegró de llevar puesta una chaqueta de la longitud de una túnica, bastante calentita, que se había puesto encima de su camisa de manga corta de lana y sus vaqueros sueltos. El fresco aire salado le dio de lleno en el rostro al hallarse delante de la enorme barca blanca y esperó a Sergio. Las gaviotas daban vueltas y chillaban sobre ellos, sus gritos compitiendo con el sonido profundo de los motores del barco.

Fue una buena cosa que salieran de su casa cuando lo hicieron o de lo contrario se hubiesen perdido el ferry de las 8.45 y hubieran tenido que esperar el próximo más de dos horas y media. Las aproximadamente sesenta millas desde Mukilteo a Anacortes, el punto de partida para llegar al ferry a la isla San Juan había resultado ser un tiempo durante el cual charlaron amigablemente y también se produjeron silencios cómodos. Con el abrazo de por la mañana habían cruzado una línea, y Holly sabía que sólo era cuestión de tiempo que el tema saliese de nuevo a relucir.

—¿Lista para subir a bordo, compañera? Para las diez y media estaremos paseando por las calles de Friday Harbor. —Sergio le enseñó los dos boletos y un par de vasos de cartón—. Aquí tienes, te he traído un café que debiera despertarte de verdad y mantenerte bien alerta.

—Justo lo que necesitaba —dijo cansinamente, aceptando el vaso y dando un sorbo al fuerte brebaje. Quedaron de nuevo en silencio mientras Sergio iba delante, en dirección al ferry, a la cubierta exterior. ¿Qué estaría pensando él? se preguntó Holly. Se habían pasado la mañana entera conversando a trompicones y la charla continua y cómoda a la que se habían habituado se había evaporado en el cálido abrazo que habían compartido.

Holly contempló las verdes laderas de la montaña de la cordillera Cascade desaparecer mientras el ferry se alejaba del puerto y comenzaba su ruta en dirección oeste sobre las aguas resplandecientes y a una velocidad que nunca dejaba de sorprenderla. El archipiélago San Juan estaba formado por más de 400 islas distribuidas a lo largo del Puget Sound, 175 de ellas con nombres, de carácter montañoso y adornadas con coníferas. Su punto de destino, el pintoresco Puerto Friday se hallaba en la parte este de la isla San Juan. Al oeste de ella estaba el Estrecho Haro, y luego la Isla Vancouver, perteneciente a la Columbia Británica.

—Washington es realmente un estado fabuloso, ¿verdad? —dijo Sergio varios minutos después de su partida, rompiendo el silencio que se había hecho entre ellos. Tomó un sorbo de su vaso e hizo un gesto amplio, con la brisa soplándole el pelo—. La verdad es que Dios ha hecho realmente una impresionante obra de arte. ¿Dónde más se puede encontrar al mismo tiempo agua de mar, agua fresca, montañas, bosques y hasta desierto? Aquí en este estado hay algo para complacer a todo el mundo. Es otro triste comentario acerca de mi vida que yo no supiese apreciar vivir aquí hasta que *ya* no viví aquí.

Acomodándose el forro de poliéster de su chaqueta, Holly meditó acerca de sus palabras. —A mí me suena mucho como la naturaleza humana. —Curvó los labios hacia arriba, buscando sus ojos oscuros, intentando adivinar lo que había en la profundidad de su mirada—. Hasta Dorothy del *Mago de Oz* dijo: 'no hay lugar como el hogar'.

—¿Así que ahora te dedicas a citar a L. Frank Baum?

—Me has impresionado —le dijo Holly sonriendo—. No te imaginaba como la clase de hombre al que le gustan los libros.

—Confía en tus primeros instintos. Soy más bien un hombre al que le gustan los videos... a excepción de la Biblia. La he leído entera una vez y ahora mismo estoy estudiando el libro de Juan.

—Si leer es algo que te cuesta demasiado trabajo estoy segura de que puedes conseguirla en casete —le dijo bromeando, preguntándose por qué él no le devolvía la sonrisa.

Cuando acabaron de tomar el café, se resguardaron del enérgico aire exterior en un cubículo en la cabina grande y anexa del ferry. Su conversación durante el resto de la travesía continuó prácticamente en la misma tesitura que durante el tiempo que habían ido en el auto, con algunos altibajos y desigual.

—Yo diría que visitásemos todo lo que nos sea posible de esta isla hoy —dijo Sergio al desembarcar, guiándola con sus pasos determinados—. De modo que nuestra primera parada será en lo alto de la colina en el negocio de alquiler de ciclomotores de Susie para conseguirnos un medio de transporte. He realizado el 'recorrido virtual' de la isla en Internet. La excursión completa son cuarenta y ocho millas. ¿Crees que puedes hacerlo?

—¿Puedo hacerlo? ¿Qué te crees que soy, una enclenque o algo?

—No, creo que eres muy especial —le contestó, dirigiéndole una cálida mirada. En su pelo muy corto brillaban retazos de castaño rojizo y una intensa expresión titilaba en su rostro—. Oye, no mires ahora, pero casi nos estamos divirtiendo de nuevo —dijo con tono sarcástico, aligerando lo que podría haberse convertido en otro momento embarazoso.

Susie Campbell, la propietaria del negocio que llevaba su nombre, les saludó con una amplia sonrisa y rápidamente les equipó con ciclomotores, cascos, consejos sobre seguridad y un mapa de la isla. —Permanezcan en fila india en la parte derecha de la carretera —les aconsejó, mientras el viento batía sus rubios rizos—. Lleven siempre puestos los cascos y protección para sus ojos y no pasen de las veinte millas por hora y comprueben las millas, porque los ciclomotores recorren sólo sesenta y cinco millas por depósito de gasolina. ¡Ahora váyanse y diviértanse!

Su segunda parada fue para conseguir una comida totalmente preparada, que Sergio compró y metió en la gran cesta de alambre en la parte de atrás de su ciclomotor. Provistos con un mapa, el itinerario de la isla y la deliciosa comida, se dirigieron hacia el sur por la carretera Argyle, hacia el área del Campamento Americano de la punta sur de San Juan.

Era un día perfecto para hacer el recorrido de la isla y fueron por turnos el uno delante del otro, haciendo de guías y siguiéndose mutuamente. Como la temporada estaba ya avanzada, las carreteras no estaban muy abarrotadas. Holly se dedicó por entero a disfrutar el paisaje y, después de un tiempo, a disfrutar la compañía de Sergio. El sentimiento de inquietud que la había estado acosando al pensar demasiado en serio acerca de su relación con Sergio desaparecía cada vez un poco más con cada milla que recorrían.

Después de una excursión, haciendo una gira guiada por ellos mismos en el campamento American, volvieron a montar en sus ciclomotores y continuaron el viaje hasta la playa del sur (South Beach), donde se pararon para comer. El sol era caliente, pero no demasiado caliente, templado gracias a la fresca brisa marítima. En la playa había sólo unos pocos visitantes y ninguno de ellos cerca de donde estaban Holly y Sergio.

—La creación de Dios es realmente asombrosa ¿no crees? —Abriendo la cesta, de estilo europeo, Sergio extendió el mantel de lino sobre la mesa de picnic. Platos, servilletas y los cubiertos quedaron colocados a continuación, juntamente con la comida. Después de arreglar el generoso despliegue, hizo un gesto en dirección al espectacular paisaje. —¿Has pensado alguna vez en lo que dice en Génesis, es decir, que Dios sencillamente *pronunció la palabra* y las cosas fueron creadas? Fíjate en todo esto... el cielo, el agua, las montañas, los árboles, la vida salvaje.

—Es precioso, efectivamente —dijo Holly, totalmente de acuerdo, dándose la vuelta en un círculo a fin de poder contemplar toda la vista.

—Y tú también lo eres —proclamó, haciendo que dudase en su giro—. Holly, ven y siéntate, es hora de hablar.

Una repentina ansiedad se apoderó de ella, reemplazando el sentimiento cómodo y desgastado que había permitido que la dominase. Una mirada rápida a su expresión confirmó que hablaba en serio. Su mirada era oscura, inescrutable. Sentía como si sus piernas estuviesen caminando sobre terreno resbaladizo al dirigirse hacia la mesa y sentarse al borde del asiento.

Aquí viene. Tragó con dificultad dándose cuenta de que no había humedad en su boca.

—¿Quieres un zumo de arándanos o de frambuesa? —le preguntó él, con dos botellas diferentes en sus manos.

—¿Estás seguro de que no necesito ni una venda para los ojos ni un cigarrillo?

—Oh Holly —dijo con una ligera sonrisa apareciendo en el rincón de la boca de Sergio, al sentarse en frente de ella—. Esto no es una ejecución.

—¿Entonces qué es? —dijo con el corazón latiéndole con fuerza.

—Llamémosle una ejecución de la honestidad. —Retorciendo el tapón de su bebida burbujeante, Sergio le echó un trago y la miró directamente a los ojos—. He intentado, por todos los medios posibles, llegar a la Holly a la que conocía, pero hoy seguramente voy a reprenderte de verdad, pero me he propuesto derribar la barrera de acero tras la cual te estás escondiendo.

—¿Qué barrera de acero? ¡Perdóname! —Holly comenzó a sentir la excitación de su postura defensiva y, tal y como él había predicho, el lametazo de la ira rápida.

—No pretendas que no sabes de qué estoy hablando —dijo colocando la botella vacía en parte sobre la mesa con más dureza de lo necesario y haciendo que el líquido rosa hiciese burbujas—. ¿Por qué no me dejas entrar, Holly? Yo soy de los hombres más pacientes que hay, posiblemente más que eso, pero illega un momento en que bastas ya!

—¿Qué es lo que quieres de mí, de todas formas? —dijo con una ira que iba en aumento por las palabras incisivas de él, palabras que ella sabía que tenía razón, pero que no quería oír.

—¡Quiero la verdad! Quiero saber realmente lo que está pasando por tu mente, no lo que crees que quiero oír. ¿Sabes una cosa? Durante un tiempo pensé que podías estar deprimida, pero la verdad es que no encajas con el cuadro de alguien que padece una depresión clínica.

—Espera un momento, con tus diagnósticos, doctora Laura —le interrumpió, su voz ahogando la de él. Se puso en pie, con la ira que le recorría todo su ser—. Yo no sabía que entregasen diplomas de psicología a aficionados, juntamente con los uniformes de béisbol.

—Creo que padeces de otra cosa —continuó diciendo él, como si ella no hubiese dicho nada, pero su voz cortante le hizo saber a ella que su ataque había dado de lleno en el blanco—. Holly, te has quedado anquilosada. Cada vez que saco a relucir el tema de la fe o bien lo eludes o cambias el tema o de lo contrario dices algo trivial. Me gustaría saber lo que le ha sucedido a la santa Holly, que tenía fuego en los ojos y la convicción de Pablo en sí misma.

Poniéndose en pie, plantó sus manos sobre la mesa y se inclinó hacia adelante. —Holly, quiero que me dejes entrar. Quiero saber lo que estás pensando. He estado esperando y esperando, con la esperanza de que confiases lo suficiente en mí para compartir cualquier...

—¿Cualquier cosa que qué? —dijo con una frustración que iba en aumento desde su interior—. No existe en mi interior ningún oscuro secreto.

—¿Entonces qué te sucede? —casi le chilló—. ¿Por qué continúas saliendo conmigo si no tienes la menor intención de pasar de este punto?

—¿Y de qué punto quieres pasar? ¿Te resultan las cosas un tanto aburridas como cristiano? —¿De dónde procedían aquellas palabras vituperantes en su corazón? Santo cielo, era demasiado tarde para deshacer lo dicho.

—¿Estás hablando acerca del sexo? —dijo con el ceño fruncido, oscureciendo su semblante aún más.

Ella respiró profundamente, de modo que la conmovió, expresando la pregunta que haría una niña de diez años. —Si hubiese estado dispuesta, Sergio, ¿hasta dónde habrías llegado aquella noche en la playa?

Ella miró en dirección al mar durante largo tiempo, antes de encontrarse con su mirada. —No lo sé... —respondió él, levantando los brazos en un gesto de frustración—. No lo sé. Probablemente no tan lejos como tú crees, pero no lo sé —dijo suspirando—. Hiciste bien en parar las cosas, el ser oportuna está siempre...

—No me vengas con eso del momento oportuno de Dios, no eres más que un cristiano nuevo, con los ojos llenos de estrellas. Démosle algún tiempo y luego veremos lo que sucede. —Dentro de ella ardía la ira. ¿Cómo se podía atrever a hablarle de ese modo?

—Bueno, pues si tú eres un ejemplo de madurez cristiana, entonces más me vale volverme a mis antiguas maneras. —Los dos con la respiración acelerada se miraron fijamente el uno al otro antes de que Sergio volviese a hablar—. Yo no te he oído decir nada que sintieses en el fondo de tu corazón desde que hemos empezado a salir. Cada vez que intento abrir la puerta, me golpeas con ella en las narices.

—Tal vez no me apetezca hablar acerca de Dios.

—¿Por qué no? La muchacha que estuvo en el Parque Howarth era una apasionada de Jesucristo.

—Bueno...

—Holly, cada vez que miro mi Biblia aprendo más lo profundamente que el Señor me ama y cómo debiera ser mi reacción frente a Él. Siendo la antigua y experimentada cristiana que eres ¿puedes tú decir lo mismo? Es como si te hubieses marchitado en la viña. ¿A qué te estás aferrando? ¿y a qué *no* te estás aferrando?

Él hizo una pausa para que ella respondiese y cuando no lo hizo continuó diciendo: —¿puedes decir que no tienes ningún sentimiento respecto a mí? Porque creo que sí que los tienes. —Su mirada no vaciló—. Quiero que sepas que después del accidente no podía esperar para tener la oportunidad de hablarte de nuevo y decirte de qué modo habías afectado a mi vida... y mi decisión de comenzar de nuevo.

—Todo eso me lo has dicho ya antes —dijo con los brazos en jarras.

—Pero no te dije cómo me sentí la primera vez que te volví a ver. Me dejaste sin aliento.

Ante semejante afirmación, sintió algo como si un puño le hubiese empujado su diafragma, cortando cualquier respuesta que pudiese haber dado. Por encima de sus cabezas se oyó el graznido de una gaviota. El sonido del agua contra la orilla era lo único estable dentro del ámbito de su conciencia. ¿Cómo era posible que los sentimientos de él hubieran sido un eco de los de ella?

—Y no te he dicho que me he enamorado de ti —dijo levantando una mano para silenciarla, un movimiento innecesario—. No digas nada ahora mismo, sencillamente escúchame. Voy a abrirte mi corazón, por prematuro que pueda parecer. Quiero que mi vida esté conectada con la tuya...

—¿De qué estás hablando? —Sus palabras eran ahogadas. Su puño apretado aún con mas fuerza.

—Holly, me encanta tu sonrisa, la manera como te ríes. Me encanta el brillo en tus ojos cuando me haces rabiar y cuando se te olvida levantar la guardia. Me encanta todo acerca de ti, desde tu inteligencia y tu creatividad a tus largas piernas morenas. —Dio la vuelta a la mesa y se colocó ante ella—. Y me encanta el recuerdo de la muchacha que acostumbraba a defender su fe en Dios. Sé que se encuentra en alguna parte ahí.

—Sencillamente déjame en paz —gritó, dando un paso hacia atrás. La presión en su pecho había desaparecido de repente, dejando en su lugar los restos del dolor punzante.

—No estaría pasando todo este tiempo contigo si mis intenciones no fuesen serias y últimamente me he estado preguntando cómo sería estar casado contigo, verte por las mañanas con los pelos de punta y tener un montón de bebés contigo, Holly —murmuró, colocando la mano en sus hombros—. Te encuentro increíblemente atractiva, pero cuando me hice cristiano tomé la decisión de renovar mi castidad. Disto mucho de ser perfecto, la vida de mis pensamientos podría someterse a una buena limpieza porque aún salen palabras soeces de mis labios y mi orgullo pretende asomar su fea cabeza más de lo que te puedes imaginar. Hasta hace poco, no he llevado una vida demasiado buena, pero voy en serio respecto a los compromisos que he adoptado y por causa de ellos, me da miedo tocarte.

Lentamente inclinó su cabeza hacia la de ella y le dio un beso suave como una pluma en los labios. Sus manos se deslizaron hacia arriba, por encima de sus hombros, colocándolas alrededor de la mandíbula de Holly. —Holly Winslow, te amo —murmuró—, y estoy esperando que puedas confiar en mí.

Cerrando los ojos Holly se dejó llevar por el calor de sus manos durante unos momentos, meditando en sus palabras. ¿Era posible que Jean tuviese razón? ¿Estaba Dios tras este asunto, después de todo? ¿Pero qué sucedía con el resto de las cosas que le había dicho? *Deprimida... de plástico... marchitada.* Incluso aunque tuviese razón, no era asunto de él, era algo entre ella y Dios.

—Confío en ti, ¿de acuerdo? —le dijo ella, separándose—. Vayamos a comer.

—¿Y en qué compartimento ordenado vamos a cepillar esta conversación, Holly? ¿Te das cuenta de lo que acabo de hacer? Su voz se volvió áspera, la cicatriz en su rostro completamente blanca en comparación con el tono colorado subido—. Acabo de decirte que te amo y que espero que algún día seas mi esposa. —Metiéndose las manos en los bolsillos, se enfrentó con ella con el dolor y la ira claramente escritos en sus atractivas facciones. Sus próximas palabras las dijo en voz suave, difíciles de oír—. Y me lo has tirado todo de nuevo a mi cara. Estás portándote de manera condescendiente.

La culpabilidad se apoderó repentinamente de ella.

—Sergio, no pretendía...

—Ahórratelo Holly, supongo que, después de todo, estaba equivocado respecto a ti. La muchacha de la playa no existe ya. Mi madre me dijo que tú probablemente...

—¡Tu madre! —dijo echando espuma con ira por haber lamentado sus anteriores palabras—, ¿has estado psicoanalizando a tu estancada novia con tu *madre*? ¡Vaya hombre! ¿Por qué se cree todo el mundo que mi estado espiritual es asunto de ellos?

La voz de Sergio continuaba siendo baja y dura.

—Oh, no lo sé. Tal vez porque es una lástima ver a una gran persona desperdiciar su vida, pero hazlo a tu manera. Hazlo todo tú sola, y asegúrate de no pedirle ayuda a nadie. Especialmente a aquellos que están dispuestos a hacerlo prácticamente todo por ti.

Sintió un terrible vacío en lo más hondo de su ser, pero no podía ahogar su orgullo. —Entonces ¿por qué no me marcho y voy a alguna otra parte a consumirme?

—Lo que tú quieras, Holly —dijo encogiéndose de hombros—. Pensé que eras la clase de mujer que sabría enfrentarse con un desafío, pero supongo que estaba equivocado.

—Supongo que lo estabas —dijo volviéndose, dejando tras de sí su bebida sin acabar y un sandwich de pastrami, así como el hombre que acababa de ofrecerle su corazón.

Capítulo 9

La lluvia caía a cántaros sobre los escaparates al frente de la floristería Maxie. Los cielos oscuros y el continuo aguacero aceleraron la llegada del crepúsculo y a Holly se le pasó por la mente la idea de cerrar la tienda pronto. No había acudido demasiada gente a la tienda y los teléfonos tampoco habían estado demasiado activos durante todo el día, de modo que había dejado que Ellen se marchase a su casa a las tres de la tarde.

Pasando un suave paño de algodón por una estantería que acababa de vaciar, quitó el polvo y fue reemplazando cada uno de los objetos. El edificio permanecía en silencio, aparte del sonido plañidero de la lluvia, porque había apagado la radio poco después de que se marchasen sus empleadas. Detrás del mostrador ardía una vela, con olor a vainilla, soltando en el aire su suave fragancia.

Habían pasado casi tres semanas desde la mañana en que Sergio la había llevado a Friday Harbor. Pero a pesar de ello Holly repasaba en su mente cincuenta veces al día, si no cien, la escena de la Playa del Sur. Sabía que le había tratado de una manera horrible, pero a pesar de ello no hizo lo más mínimo por ponerse en contacto con él, para pedirle perdón o para aclarar las cosas. Lo cierto era que se había hundido aún más en la ciénaga espiritual en la que él le había acusado de revolcarse.

En respuesta a la súplica desesperada de Holly, Jean había ido con el auto a Anacortes a recogerla el día en que había regresado sola de Friday Harbor y había escuchado tranquilamente la explicación emocional de Holly respecto a lo que había sucedido. Una vez que estuvo en su casa, Holly había hecho arreglos apresurados con Ellen y Brenda, había metido algunas cosas en una bolsa y se había dirigido a las montañas para pasar una semana sola allí en un aislado chalet.

Hizo excursiones, estuvo orando, ayunando, pero nada le había servido de ayuda. Casi parecía que cuanto más trataba de correr hacia Dios, tanto más se alejaba Él. Acentuando su tristeza hubo episodios de ira, ira hacia Dios y hacia Sergio por haber dicho las cosas que dijo. Una vez de vuelta al trabajo, había asumido una postura exterior alegre, aunque frágil, pero en su interior se sentía vacía, dolorida y apesadumbrada.

Estuvo eludiendo a Jean, poniendo excusa tras excusa por no llamarla y no pasar tiempo con ella, especialmente después de que Jean confesase que había llamado a Sergio después de que Holly se fuese a las montañas. —Sabía que estaría profundamente preocupado por ti por haberte marchado de ese modo —le había dicho su amiga defendiéndose—. Solamente le hice saber que estabas a salvo. —Resistiendo el deseo de saber acerca de qué otra cosa habían hablado, Holly había cambiado rápidamente el tema.

—¿Holly, qué vas a hacer? —había insistido Jean—. Aunque no te interese Sergio, y sé que sí te interesa, se merece algo mejor que lo que has hecho con él. Si entiendo correctamente el día en que te llevé a casa, estabas molesta porque él había descubierto que estabas callándote las cosas porque te has estado sintiendo espiritualmente perdida. A mí eso me suena tremendamente a orgullo y creo que estás viendo las cosas de una manera totalmente equivocada. Tienes a este hombre, que es un sueño, con un tipo impresionante, muy atractivo, que se ha apartado de una vida de pecado, que ha entregado su vida al Señor y que quiere llevar una vida santa. Te dice que está enamorado de ti y que incluso, piensa en casarse contigo. Corrígeme si me equivoco, ¿no fue este el hombre por el que te pasaste todo el verano llorando aquel verano que te fuiste a la facultad, el hombre por el que te morías, pero que no podías tener? Holly, el único problema que veo en todo esto ¡eres tú!

Holly se sintió dominada por la irritación mientras sonaba la campanilla sobre la puerta de entrada a la floristería, sacudiéndola de sus pensamientos. ¿Quién podría desear comprar flores en un día como éste? Dejando a un lado el trapo del polvo, se volvió hacia el cliente que arrastraba un gran maletín, un paraguas chorreando y una gabardina igualmente mojada.

—Hola, cariño —le dijo la voz cálida de Bárbara Glad—. He tenido que ir con el auto a Redmond hoy y pensé en pararme en el camino de vuelta. La tienda tiene buen aspecto —dijo haciendo un cumplido, dirigiéndose hacia el mostrador, habiéndose sacudido lo peor de su mojadura—. Nadie hubiera dicho que hubo un momento en que estuvo hecha un desastre.

—Sí... bueno... gracias —dijo Holly, no sabiendo qué contestar, comenzando a sentir el cosquilleo de la ansiedad en su interior. ¿Acaso la habría enviado Sergio? ¿Qué era lo que le iba a decir?

—Necesito un arreglo floral —continuó diciendo la mujer—. El ramo que me enviaste al principio del otoño era tan hermoso que no podría haber usado ninguna otra florista.

—Gracias —repitió, recordando preguntarle—: ¿cuándo lo necesita?

—Tenía la esperanza de que tuvieses alguno ahora mismo —le dijo con una mirada familiar que la examinaba—. En caso de que te estés preguntando si Sergio me ha enviado, la respuesta es no. De hecho, creo que se sentiría bastante molesto si supiese que estoy aquí.

—¿Cómo está? —preguntó Holly suavemente, bajando la vista y buscando un formulario de pedido, sintiendo que el fondo de su estómago se había hundido, por lo rápido que le latía el corazón.

—Está bien, triste, pero bien. Se ha enamorado perdidamente de ti, Holly —dijo con palabras que eran verdad, pero sin reproche.

Un bolígrafo... por fin encontró uno en el cajón debajo del mostrador. —¿Qué clase de arreglo floral le gustaría que le preparase, señora Glad? —dijo con las lágrimas que comenzaban a acumularse tras sus ojos—. ¿Algo formal? ¿Casual? ¿Con algún aspecto en particular? —dijo, sus últimas palabras ahogadas, no pudiendo apenas hablar.

—Algo romántico, creo —dijo Barb Glad, como si no se diese cuenta del desasosiego de Holly—. Azules, rosas y violetas, bonitas y grandes —dijo sonriendo y apuntando a la estantería de detrás del mostrador—. En uno de esos bonitos y redondos jarrones de cristal.

—Me llevará unos pocos minutos.

Dijo las palabras de manera atropellada, escapando al santuario de la habitación de atrás. Las lágrimas corrían ya por sus ojos, descendiendo por sus mejillas al entrar en el pequeño cuarto con sistema de refrigeración y comenzó a seleccionar capullos en flor y rellenos. *Oh, Sergio, oh no. ¿Qué es lo que he hecho?*

—¿Tenía yo razón en pensar que para ahora necesitarías un abrazo? —dijo Barb Glad, junto a la entrada del cuarto, con los brazos extendidos y en su rostro una expresión de enorme compasión. Se había quitado las prendas exteriores mojadas, llamando la atención de Holly los suaves pliegues azules de su jersey de lana y extrañamente siendo motivo de que se viniese abajo. Se le escapó un ruidoso sollozo en el frío cuarto, con nuevas lágrimas que empañaban su visión.

—Oh, cariño —dijo con sus dulces manos cogiendo las flores de Holly y dejándolas a un lado y a continuación sus suaves y cariñosos brazos la envolvieron—. Descansa tu cabeza y llora.

Y Holly hizo exactamente eso, durante mucho más tiempo del que se hubiese imaginado, mientras Bárbara Glad acariciaba su pelo y le susurraba palabras de consuelo y serenidad. A pesar del dolor que sentía en su corazón, un dulce solaz la rodeó y se dio cuenta de que había olvidado lo que significaba recibir semejante atención maternal. Al calmarse sus lágrimas, Holly comenzó a fijarse en pequeñas cosas. La cadencia de la respiración de la mujer mayor. El apenas perceptible aroma del detergente y las elegantes notas de su desconocida fragancia floral y tembló.

—Es hora de salir de esta nevera. He cogido las flores, querida. Ven. —Aquellos brazos cálidos la guiaron al exterior del cuarto a la banqueta que estaba en su puesto de trabajo, y a continuación puso en manos de Holly unos cuantos pañuelos de papel. —¿Me perdonas durante un momento? —preguntó, con un último apretujón cariñoso.

Apenas habían transcurrido unos cuantos segundos cuando una taza de humeante té con canela apareció ante ella, y Holly aceptó la bebida con gratitud. Su calor aromático hizo que se diese cuenta de que no había comido desde el desayuno. —¿Viaja usted siempre llevando comida? —preguntó, arreglándoselas para que apareciese una pequeña sonrisa en su rostro. Dio un sorbo y notó que su estómago le sonaba.

—Prácticamente siempre. Antes de marcharme de la casa de mi amiga en Redmond preparé una nueva cantidad de té porque tuve la corazonada de que vendría como anillo al dedo aquí. También he traído un poco de pan de calabacín, si quieres una rebanada. —Antes de que Holly pudiese contestar, Barbara Glad había metido la mano en su bolsa y había sacado una servilleta con una generosa rebanada del pan dulce, hecho en casa. A Holly se le llenaron de nuevo los ojos de lágrimas.

—Caramba, éste sí es un día húmedo, ¿verdad? —comentó la madre de Sergio apretándole rápidamente la mano a Holly—. Toma, querida, dale un mordisco. Dudo que hayas estado comiendo lo suficiente como para alimentar a un gorrión.

Mientras Holly se comía obedientemente su tentempié, Barb Glad seleccionó el jarrón que deseaba de entre la gran variedad de jarrones de cristal que se encontraban en los armaritos abiertos. Acercando una banqueta alta de la otra estación de trabajo, se sentó frente a Holly, echándose un tazón de té y comenzó a preparar flores y rellenos.

—Durante los meses antes de que mi esposo me abandonase —comenzó con un tono suave—, experimenté prolongadas y áridas temporadas en mi relación con el Señor. Y cuando Bob se marchó, me sentí completamente abandonada. Mi fe, que siempre me había servido de consuelo, parecía vacía y muerta.

—¿Qué hizo usted?

—Estoy segura de que lo probé todo y me preguntaba a mí misma qué era lo que estaba haciendo mal. Clamé pidiendo misericordia, me puse furiosa, intenté arreglar las cosas por mí misma.

Holly movió la cabeza, notando que el pulso le latía con gran fuerza. ¿Era posible que Barb Glad hubiese pasado por un tiempo de soledad y de vacío igual que ella? ¿Cómo había conseguido superarlo? Metiéndose en la boca el último pedazo de pan de calabacín, casi se le olvidó masticar.

—Y un día me di cuenta de que no era la única persona en el desierto, que éramos muchos los que estábamos allí juntos, y vi a muchas personas realizando un esfuerzo por ayudar a otras y por mantener el ánimo a pesar de que estaban experimentando la misma terrible sequía. No era que estaban intentando ser deshonestas o que negasen que su experiencia estaba realmente sucediendo, era sólo que se habían propuesto hacer lo mejor que podían a pesar de esa sequía. Lo que también separaba a estas personas de las otras era que se sentían lo suficientemente cómodas como para decir lo que sentían en sus corazones. —Empujó el jarrón en dirección a Holly, juntamente con la navaja suiza con el mango rojo.

—Una mujer en concreto, muy sabia, me enseñó que es posible ser llena del Espíritu Santo y no *sentir* una bendita cosa. Dijo que debíamos tener en cuenta la sequía, la falta de sentimiento, como una bendición porque nos lleva a la contemplación. Dios no nos abandona durante los tiempos de silencio, los utiliza, finalmente, para acercarnos más a Él.

—Pero no lo siento de ese modo —exclamó Holly, usando su frustración para comenzar a meter las hierbas en el jarrón—. Ya no estoy cerca de Él.

—Ah, los sentimientos. Te dirán toda clase de cosas. —Moviendo la cabeza la señora Glad dio un sorbo a su té—. ¿Sobre qué se basa nuestra fe, Holly? ¿Nuestro estado de ánimo? ¿Nuestros sentimientos?

—No... se basa sobre la verdad —admitió Holly, comenzando a darse cuenta de dónde había vacilado.

—Durante toda nuestra vida, Dios obra con el fin de purificarnos y de perfeccionarnos. Puedes imaginarte como si fueses barro en la rueda del alfarero, o una viña que está siendo podada por el Jardinero Principal. Sea cual fuere tu manera de ver las cosas, lo cierto es que estas experiencias normalmente no resultan agradables o de ayuda o útiles, son dolorosas.

—¿En serio?

Las espuelas de caballero, las fresias y las rosas amarillo pálido se unieron a las hojas oscuras y a los ruscus italianos en el jarrón. El diseño fue cobrando forma mientras las mujeres compartían un silencio relajado, preguntando Holly ocasionalmente a la mujer mayor su preferencia en relación con el colorido o el estilo.

—Dejo la decisión en tus manos —le dijo Barb delegando en ella—. No puedo creer el aspecto tan maravilloso que tiene ya.

Holly se quedó mirando el ramo, decidiendo que una cantidad de *baby's breath* y de *wispy caspia* le daría el aspecto romántico que la señora Glad había pedido. Trabajó en silencio, pensando en el último año y medio de su vida.

—Holly, me gustaría preguntarte algo.

—Sí —dijo, escapándosele un profundo suspiro. El tema de Sergio pendía en el aire entre ellas, sin que lo hubiesen mencionado. Holly sabía que le había herido profundamente y, sin duda, en el proceso también a esta mujer.

—¿Puedes aceptar generosamente y de buen grado lo que Dios te da?

No hubo más a su pregunta. Holly permaneció callada durante un largo rato, sorprendida por lo que la mujer mayor no había preguntado. Colocó el jarrón sobre una pequeña caja y comenzó a rellenarla con papeles de periódico alrededor de los lados.

—Hasta este punto en mi vida —se atrevió a decir—, no hubiese dudado en decir que sí, pero desde que se murió mi madre... —dijo deteniéndose, las lágrimas amenazando con saltarle de nuevo—. Desde que murió mamá y Dios permaneció en silencio, me he estado alejando más y más de Él. Ahora me miro a mí misma y me doy cuenta de que durante mucho tiempo me he limitado sencillamente a existir, no a vivir realmente. Me he permitido a mí misma sentirme tan aturdida que me he desconectado de Él... y no me he sentido agradecida por nada.

Una lágrima le cayó lentamente por la mejilla al pedir perdón en silencio. Arrancando una tira de papel fuerte verde y blanco del rollo hizo una pausa. —Se me olvidó preguntarle, ¿quiere usted rellenar una tarjeta? Hay una selección de ellas aquí mismo.

—Sí, creo que sí.

Secándose los ojos con otro pañuelito de papel, Holly esperó a grapar el paquete cerrado hasta que la señora Glad hubo sellado el pequeño sobre y se lo hubo entregado. —Gracias por haber pasado por aquí hoy —le dijo Holly, con una sonrisa triste curvando sus labios—. Me disponía a cerrar la tienda temprano, irme a casa, e hibernar. Me ha dado usted mucho en qué pensar.

Se vio una vez más abrazada por aquellos brazos consoladores. —En ocasiones ayuda saber que no estás sola, querida, por favor llámame. Ahora ¿cuánto te debo?

Mencionando un precio más bajo que el habitual, Holly comenzó a poner en orden el rincón donde había estado trabajando mientras la madre de Sergio guardaba su termo y metía los vasos en su gran bolsa y le escribía el cheque. —¡Cuídate! —le dijo con una amable sonrisa, dirigiéndose de nuevo a la parte del frente de la floristería.

—Lo haré —le contestó Holly, con su ánimo más boyante de lo que recordaba en mucho tiempo. Contemplando a la señora Glad poniéndose su gabardina se acordó del ramo. —¡Después de todo esto, se ha olvidado usted de sus flores! —le dijo, volviéndose para ir a buscar el paquete—. Permítame...

—No me he olvidado de nada, cariño —le contestó la mujer mayor. Colocándose bien la gabardina alrededor de su amplia figura, miró a Holly a la cara, con la ternura brillando en sus ojos oscuros. —Son para ti.

—¿Yo? Yo... ¿cómo es eso? —dijo tartamudeando.

—Digamos que son sencillamente una pequeña señal de la gratitud que siento hacia ti —dijo de manera enigmática, dirigiéndose hacia la puerta con su paraguas y su bolsa. La campanilla sonó y al salir ella entró en la tienda un golpe de aire húmedo y frío—. Te tendré en mis oraciones —le dijo con una última sonrisa y moviendo la cabeza.

El silencio de la tienda se volvió opresivo para Holly al pensar en lo que acababa de suceder. Le dio la vuelta al cartel en la puerta de ABIERTO a CERRADO y se dirigió de nuevo hacia el mostrador, apagando las luces. Las palabras de Bárbara Glad permanecieron en su mente mezcladas con las palabras de Jean, y luego, para colmo, el intercambio explosivo con Sergio en la Playa del Sur, se unieron al resto de las palabras que acudieron a su mente. Era demasiado, sencillamente demasiado.

Se le cerró la garganta de manera espástica al caer de rodillas, con las lágrimas calientes que le caían de los ojos, pero en lugar de experimentar aislamiento apoderarse de ella juntamente con las lágrimas que estaba derramando, sintió la seguridad de que su sufrimiento no le era desconocido al Señor.

—Sea hecha Tu voluntad, Padre —dijo sollozando—. No se me ha dado precisamente muy bien aceptar nada de ti últimamente. Lo siento... Por favor, ¿quieres perdonarme? —Buscando un pañuelo, se sopló la nariz. Lo peor de su llanto había quedado atrás, y encontró más fácil hablar—. Jean cree que estoy siendo una orgullosa y una estúpida. Sergio me dice que me he vuelto mustia y su madre me dice que estoy haciendo un viaje por el desierto. Señor, no sé lo que está sucediendo, pero he decidido confiar en ti sea lo que fuere lo que tengas en mente.

En su imaginación vio a Sergio en pie en la playa del sur, con sus poderosos hombros enmarcados por las aguas azules del Puget Sound y, muy por detrás de él, la vista espectacular de las montañas olímpicas. *"No estaría pasando todo este tiempo contigo si mis intenciones no fuesen serias, te amo Holly Winslow, y estoy esperando que confíes en mí"*.

Un profundo sentimiento de anhelo brotó libremente de lo más hondo de su ser y su calor se extendió por todo su cuerpo. *Sergio*, le quería, deseaba confiar en él...

quería expresar el amor que sentía hacia él. Hacía diez años no habían tenido nada en común, pero ahora no había nada que se interpusiese en su camino para que no pudieran ir adelante con su relación, ya no.

Inclinó la cabeza con temor reverente y dijo: —Gracias por haber amado tanto a Sergio que salvaste su vida y le diste una segunda oportunidad. Y gracias, Padre, por traerle de vuelta a mi vida. Si tus planes para mi vida incluyen a Sergio Glad... —sintió dentro de su alma un estremecimiento mientras que una lenta sonrisa se dibujaba en sus labios. Se puso en pie—, entonces ¿quién soy yo para negarme?

De repente se sintió ligera en su corazón, se dirigió al cuarto de atrás a recoger su bolso. Allá sobre el mostrador estaba el arreglo floral, cuidadosamente preparado, que había hecho para Barb Glad, y el verlo hizo que brotase de ella una ofrenda de gratitud por la visita de aquella mujer. La curiosidad de Holly se apoderó de ella al recordar la tarjeta y la abrió lo suficiente como para que se deslizase a su mano del interior del sobre.

Una bocanada de aire húmedo golpeó con fuerza sobre la nueva ventana, llamando su atención por el momento. El cielo más allá del cristal estaba oscuro, pero el destello del resplandor envolvió su espíritu. Sacando la tarjeta del sobre, leyó: *muy querida Holly, no importa lo que pueda pasar entre Sergio y tú, siempre habrá para ti un lugar en el corazón de esta madre por la parte que has representado en salvar a mi hijo. Que Dios te bendiga, Barb.*

Exhaló, una buena cantidad de euforia escapando con su respiración. Oh, las cosas que le había dicho a Sergio en la playa del sur, le hizo darse cuenta de que posiblemente había dado al traste con la última oportunidad de continuar teniendo una relación con él. Los días desde la última vez que habían hablado se habían convertido en semanas y él habría tenido tiempo más que de sobra para pensar las cosas. Tiempo de sobra para lamentarse. Teniendo en cuenta las circunstancias bajo las cuales se habían separado, se preguntaba si él estaría jamás de acuerdo en volver a hablar con ella.

—¿De modo que qué vas a hacer, Holly? —se preguntó a sí misma—. ¿Vas a continuar huyendo un poco más de las tijeras de podar? Si Dios ha enviado a Sergio con el propósito de podar la madera dura de tu corazón, más te vale permitirle acabar de realizar el trabajo. —Con una risa conmovedora recitó uno de los dichos favoritos de su madre: "o te curará o te matará".

Metiendo la tarjeta en su bolso, cerró la floristería Maxie, se metió el paquete de flores bajo un brazo y se fue a casa con la intención de meditar en el mejor curso de acción en cuanto a Sergio Glad.

Capítulo 10

En la historia reciente, los sábados se habían convertido en algo muy bueno o muy malo —pensó Sergio, recordando varias salidas maravillosas durante las cuales había estado visitando los lugares locales en compañía de Holly. El sábado de su visita a San Juan había comenzado con una gran promesa, pero el momento en que él puso sus brazos alrededor de ella aquella mañana, las cosas habían cambiado.

Tal vez no se trataba de que las cosas hubiesen cambiado, enmendó, sino más bien que su abrazo había servido para sacar a la luz temas y emociones a las que ya no se les podía hacer caso omiso, como pudiera ser el hecho de que algo estaba afectando profundamente su vida espiritual y ella se negaba a hablar al respecto... y que él le había brindado todas las oportunidades bajo el sol y la había animado a que lo hiciese.

No que él tuviese necesariamente ninguna de las respuestas. Holly había tenido razón, él no era más que un cristiano recién nacido, que empezaba su caminar espiritual. Una palabra impropia escapó de sus labios al dar justo con otra serie de números equivocados en el programa de contabilidad de su ordenador personal y pronunció una breve palabra pidiendo perdón sintiéndose frustrado. Hacer las cuentas con su libreta de cheques usando su ordenador había sido una gran idea, pero hasta que alguien pudiese idear una manera de darle la vuelta a la introducción de datos...

Pasándose la mano por el pelo, se echó hacia atrás en su asiento y cerró los ojos. Su problema no era la introducción de datos, el esperar sí que lo era. De la misma manera que había sentido la mano de Dios empujándole a perseguir a Holly durante estos últimos meses, sabía ahora que era preciso distanciarse y dejarla que ella siguiese la dirección que quisiera.

Todavía no podía creer que le había dicho la mitad de lo que le había dicho en la playa. Su única intención había sido sacar a la luz todos los tópicos espirituales. El haberle dicho que la amaba mientras se encontraba, de hecho, los dos se encontraban, bajo el dominio de la ira era la cosa menos romántica del mundo y encima le había hablado acerca del matrimonio. ¡Qué iluso! ¿Por qué era que siempre se adelantaba cuando se trataba de Holly Winslow?

Pero él sabía que ella sentía algo hacia él porque la había visto sobresaltarse por sus palabras y luego se había alejado de él como una exhalación, de la misma manera que lo había hecho hacía diez años. Sólo que esta vez, no podía consolarse a sí mismo con el hecho de que había otros peces en el mar. La única mujer que quería era Holly, la única mujer a la que amaba era Holly.

¿Cuánto tiempo se suponía que debía esperarla? Por mucho que su corazón gritase la pregunta, seguía sin hallar la respuesta. De hecho, no tenía la más mínima seguridad de que ella fuese a regresar junto a él, pero al menos había provocado su ira. Aparte del estallido de ira que había presenciado al llevarla al Parque Howarth, después de la boda de Jean, sólo le había mostrado un plácido frente de sus profundas emociones.

Sí, en la playa del sur lograste penetrar esa barrera de acero, sin duda. No podía evitar sonreír de manera abyecta al recordar las punzantes palabras, el subido tono de color en sus mejillas, el peligroso destello en sus ojos. Esa sí era la Holly que recordaba. Apasionada, vehemente, llena de vida.

Jean le había animado un poco cuando le llamó para decirle que había llevado a Holly a casa desde Anacortes ese día. —Sergio, sé que está interesada en ti —le dijo, caminando firmemente la línea de la lealtad—. Y te diré que no puedo acabar de llegar al fondo de lo que le está pasando tampoco. Me imagino que lo único que nos queda por hacer es dejarla en manos de Dios y dejar que sea Él quien la ayude.

Sonó el teléfono, arrancándole de sus pensamientos. Echando su silla hacia atrás, cogió el auricular de la pared y casi perdió el equilibrio al escuchar la voz de Holly que le saludaba al otro lado de la línea.

—Hola, Sergio —dijo con voz tensa, subyugada.

—Hola, Holly —le contestó, con el corazón dándole brincos. Deseaba hacerle un millón de preguntas. *Deja que ella dirija la conversación, Glad. Sé paciente.*

—Me preguntaba si podríamos hablar.

—Eso me agradaría.

—Es… bueno… es algo que me gustaría no hacer por teléfono, si te parece bien.

Sus esperanzas despegaron el vuelo. ¿Hacer el qué por teléfono? ¿Acabar de una vez para siempre? ¿Decirle que se perdiese? ¿Adiós? ¿Sayonara? ¿Auf Wiedersehen? —¿En qué estabas pensando? —respondió, arreglándoselas, de algún modo, para sonar normal, incluso agradable.

—¿Crees que podrías venir al Parque Howarth a las cinco más o menos? Se detuvo brevemente antes de continuar, tensando la voz por el nerviosismo. —Me parece un lugar apropiado para encontrarnos.

—¿Hoy? —preguntó, intentando demorar, buscando más información. Pretendiendo descubrir un rayo de esperanza. Las cinco de la tarde no era mucho antes de que oscureciese en noviembre, de modo que cualquier cosa que planease decirle evidentemente no le llevaría demasiado tiempo. *¡Dame un poco más sobre qué regirme, Holly, por favor!*

—Hoy —afirmó ella, quedándose callada.

—Estaré allí.

El resto de la tarde se hizo interminable mientras Sergio ocupaba su mente primeramente con intentar que le cuadrase la libreta de los cheques y a continuación repasando un montón de libros que había traído a casa de la biblioteca. Oró, pues nada parecía hacer el transcurso del tiempo menos agonizante, de modo que echó un bañador y una toalla limpia en su bolsa del gimnasio y se fue al YMCA para poder desgastar la energía nerviosa que le fuese posible.

La temperatura rondaba los cincuenta y pico grados al salir del gimnasio a las cinco menos veinte. Tenía la piel aún húmeda, la brisa contra su rostro fresca y revitalizante. Había estado nadando, se había sentado en el sauna, se había duchado y, como buena medida, se había afeitado por segunda vez en ocho horas. Haciendo una pausa antes de arrancar su camioneta, oró pidiendo ayuda para aceptar la manera de la que Holly se valiese para mandarle a paseo.

Su Toyota azul oscuro era el único vehículo en el aparcamiento del Parque Howarth. Por lo menos no habría público que fuese testigo de su humillación, pensó con un sentido de fatalismo. El aire era más fresco cerca del Sound, haciendo que le entrasen escalofríos al salir de su camioneta y se sentía agradecido de haber tenido la suficiente presencia mental como para haber cogido su chaqueta de camino a la puerta.

El sol otoñal descendía lentamente en el horizonte según se dirigía a lo largo del camino de árboles a las escaleras que daban sobre el paseo para peatones, su rodilla izquierda protestanto al comenzar el ascenso, otro recuerdo de su accidente.

Llegando a lo alto, hizo una pausa con curiosidad. Una figura solitaria, abajo en la playa, estaba agachada junto a una pequeña hoguera. ¿Holly? ¿Qué estaba haciendo? Forzó la vista intentando ver los objetos cerca del fuego. ¿Mantas? ¿Sillas para acampada?... ¿Una pequeña bolsa nevera?

Ella no se dio cuenta de su presencia hasta que estuvo prácticamente encima. Una fuerte brisa, procedente del Sound, desafió a su pequeña llama, pero daba la impresión de que ésta le ganaba la batalla a los elementos. Había dos mantas de diseños a cuadros diferentes la una de la otra, con sus esquinas superpuestas y sujetas por unas piedras grandes. Un par de sillas de acampada de lona habían sido colocadas delante de la hoguera, separadas por una bolsa nevera y dos bolsas de comida. Debía de haber trabajado como una mula para arrastrar todo eso ahí.

—¡Sergio! —le llamó, volviéndose—. Estás aquí. —Rápidamente se puso en pie, cepillándose la arena y los restos de sus manos.

—¿No creías que iba a venir?

Tenía las mejillas coloradas por el viento y su esfuerzo. —No te hubiera culpado si no hubieses venido —le dijo con sus ojos de berilo fijos, pero las emociones de la profundidad azul verdosa permanecían ocultas.

Se hizo el silencio entre los dos mientras Holly bajaba la vista y respiraba profundamente. —Sergio —le dijo, tomándole de la mano. Miró hacia arriba, con las lágrimas brillando en sus ojos—. Creo que te he amado desde el doceavo curso...

—No necesitas decir nada más —le dijo con la voz entrecortada, tomándola en sus brazos. Él sintió los brazos de Holly alrededor de su cintura mientras le decía lo mucho que lo sentía y le pedía que la perdonase, apretándole con una profundidad de sentimientos que rivalizaba con la suya.

—Se ha ido ya —le dijo junto a su cuello. Buscando en los bolsillos de su chaqueta sacó un pañuelo de papel todo arrugado y se secó los ojos con él.

—¿Qué es lo que se ha ido? —No deseando que se fuese tan pronto, la volvió a estrujar entre sus brazos, besando sin cesar su frente, su nariz y sus mejillas saladas.

—Ese terrible vacío... como si hubiese estado completamente vacía por dentro. —Sentía sus músculos tensarse contra él mientras hablaba—. Al principio creí que era sólo dolor por la muerte de mi madre y probablemente lo fue al principio. Pero cuanto más tiempo caminaba por la "zona muerta", como acostumbraba a llamarlo, tanto me alejaba de alguna intimidad con Dios. Estaba sencillamente jugando a ser cristiana, pero no podía soportar que tú lo averiguases —concluyó—, de modo que me escondí tras mi... mi, ¿cómo lo llamaste tú?

—¿Tu barrera de acero? —dijo riendo—. Con la manera en que te metí prisas después de la boda de Jean, puedo entender que sintieses como si te tuvieses que esconder. No te dejé otra alternativa que la de ser absolutamente perfecta, la santa Holly. —Con sus dedos levantó su barbilla e inclinó la cara de ella sobre la suya—. Lo lamento, cariño. En ocasiones tengo el tacto de un tren de mercancías.

—Bueno, no es como si yo no hiciese nunca algo precipitadamente. Todavía no puedo creerme la manera en que te dejé plantado en la Isla San Juan.

—Hablando de eso...

—¿Síiiii? —dijo guiñando el ojo como si estuviese esperando lo peor. Sergio aprovechó la oportunidad para estudiar detenidamente los planos y los ángulos de su rostro, deleitándose en sentirla junto a él.

—Susie me ha dicho que nos haría un trato especial si volvíamos y acabábamos el recorrido de la isla.

Holly se rió como una colegiala. —¿Lo hará, eh? ¿Estás seguro de querer intentarlo de nuevo?

—Hay muchas cosas que me gustaría intentar contigo Holly Winslow —dijo con vehemencia, poniendo fin a su risa con un beso lento y dulce—. Y espero poderme pasar el resto de mi vida haciendo exactamente eso.

El sonido del agua golpeando contra la orilla resultaba algo constante y seguro. Cogiendo su mano, le llevó en dirección a la cena que había preparado. —No se me ocurre nada que pudiera gustarme más —dijo en un susurro como respuesta.

RECETA

Si necesita usted una dosis seria de chocolate, estos cuadrados de chocolate le vendrán de maravilla. También he aprendido que se pueden cubrir con una capa de huevo y azúcar mientras están todavía calientes o incluso calientes, aunque ya los haya usted sacado del horno. Son uno de los refrigerios favoritos de una de mis hijas, además de haber sido todo un éxito entre las enfermeras de la unidad de mi hospital. Cuando los llevé al trabajo un fin de semana, una cierta persona (¡lo siento, Molly!) exclamó: —¡Caramba! ¡Fíjate en eso! ¿No te gustaría tumbarte en el interior de esa cacerola y dar vueltas en medio de todo ese chocolate?

No sé si yo llegaría tan lejos como todo eso, pero esta es la receta de galletas de chocolate más rica que jamás he encontrado. El usar cacao de alta calidad mejorará incluso más los "brownies" o galletas.

Peggy Stoks

BROWNIES
3/4 taza de cacao
2/3 taza de manteca
2 tazas de azúcar
4 huevos
1 ½ de harina
1 cucharadita de levadura
1 cucharadita de sal

Derretir el cacao y la manteca juntos, o bien encima del fogón o en el microondas. Enfriar ligeramente. Mezclar el azúcar, los huevos, la harina, la levadura y la sal. La mezcla quedará espesa. Extender en una cazuela engrasada de 9"x13" y hornear a 350 grados durante treinta minutos.

Para cubrir:
¼ taza de mantequilla
¼ taza de cacao

una chispa de sal
1 cucharada de vainilla
1 cucharada llena de mantequilla de cacahuetes

En un pequeño cazo reunir el azúcar, la leche, la mantequilla, el cacao y la sal. Calentar hasta hervir, moviendo continuamente. Cocer un minuto más. Apartar del fuego y añadir la vainilla y la mantequilla de cacahuetes. Batirla hasta que esté espesa y verter sobre los brownies, moviendo la cazuela de un lado a otro para que queden totalmente cubiertas.

ACERCA DE LA AUTORA

Peggy Stoks vive en Minnesota con su esposo y sus tres hijas. Ha trabajado como enfermera durante cerca de veinte años. Ha publicado dos novelas y una serie de artículos para revistas acerca del cuidado de los niños y del tema de pediatría. Aparte de sus novelas para este libro, ha escrito varias más para las antología de Navidad de Tyndale House Publishers, *A Victorian Christmas Tea* y *A Victorian Christmas Quilt*.

Si lo desea puede escribirle a Peggy a: P.O. Box 333, Circle Pines, MN. 55014.

OTROS TÍTULOS EN LA SERIE
BÚSQUEDA SENTIMENTAL

Tiernas historias que reúnen amigos y familia,
viejos recuerdos y nuevos romances.

Pídalas en su librería cristiana favorita

Editorial **Unilit**
Miami, Fl. 33172